東方選書

中国文学の歴史

——元明清の白話文学

小松　謙　著

東方書店

はじめに

今日私たちが「読書」という時、思い浮かべるのはどのような行為だろうか。もちろん書物を読むことに違いない。しかし、「趣味は読書」という時、そこで想定されているのは教科書や実用書ではあるまい。一般的には小説や教養書の類、つまりは直接的に実際の役に立つわけではない本のはずである。考えてみれば、「趣味」という段階で実用のためのものではないことが前提となっている。「趣味は読書」という言い方が存在する段階で、すでに「読書」は実用的なものではなく、楽しみのためのものであることが共通認識になっているのである。

ではそうした「読書」の対象になっている書物とは、どのようにして作られ、読者のもとに届けられているのであろうか。制作主体はもちろん出版社であり、通常出版社は営利目的で、作者が書いたものを印刷・製本し、書店(インターネットを含む)を通して販売する。近年は電子書籍が増えているが、印刷・製本の過程が電子データの整備になっているだけで、事柄としては変わらない。作者は、売れることを目指して本を書く。もちろん作者・出版社ともに想定している読者は特定の個人ではなく、不特定多数の購買者である。

これらは、今日では当たり前のことで、私たちは何ら意識することなくそうした読書行為を行っている。しかし、かつてはそれは決して当たり前のことではなかった。

現在でも中国語で「読書」といえば、基本的には勉強することである。これは、元来「書を読む」という行為が勉強のためのものだったことを示している。実際、中国では書物を「四部」に分類してきたが、その内訳は「経史子集《けいししゅう》」、即ち儒教の経典・歴史書・思想書及び実用書・詩文集であった。つまり、小説のような娯楽書は元来書物の中には入っていなかった、というよりそうした書物自体ほとんど存在しなかったのである。

しかも、書物の中で用いられていた言語も、人々が日常用いていたものとは全く異なっていた。このことは、今日の日本において、漢文と中国語があたかも別のものであるかのように扱われていることからも明らかであろう。たとえば二人称は、漢文では「汝」などであるのに対し、中国語では「你」である。しかし漢文も古典中国語であって、両者は別の言語というわけではない。

漢文は、中国では「文言《ぶんげん》」と総称される古典的な書き言葉により書かれており、紀元前後四百年ほどにわたって存在した漢の時代の語彙を基本とする。時代を追うごとに言語は変化するものであり、当然のことながら、七世紀に成立した唐の時代にはすでに日常用いる語彙は文言とは大きく異なるものになっていた。その差は時代を追うごとに広がっていくのだが、しかしそれにもかかわらず、書き言葉としては文言が使用され続ける。つまり、「経史子集」の書物は基本的にすべて文言で書かれている。従って、文言を読む教育を受けていない人間には、その内容を理解することは困難になる。これでは不特定多数の人間が書物を読むという状況自体存在しうるはずもない。

これは中国特有の現象ではない。たとえば、西欧においては書き言葉として、すでに存在しないローマ帝国の言語であるラテン語が長きにわたって使用されていた。この状態は、後のイタリア語の基本となるトスカーナ語で詩作したダンテなどの先駆的試みを経て、宗教改革におけるルターによるドイツ語訳聖書が、折しも実用化された活版印刷により爆発的に広がったことを契機に崩れることになる。

日本では、公式の書き言葉は漢文、つまり中国語であった。これは江戸時代に至るまで継続するが、一方でその過程で漢字を表音文字として使用することから平仮名・片仮名が発生し、平安時代には話し言葉を平仮名で文字化するかな文が出現する。しかし、『源氏物語』などによってこの時期のかな文が古典化されると、かな文もそのまま平安時代の語彙を使用するという形で固定することになる。一般の実用文としては、漢文訓読にかな文の要素をまじえたいわゆる和漢混淆文が主に用いられるが、いずれにせよ室町時代以降の書き言葉は、当時の人々が日常用いている言語とはかけ離れたものであった。この状況が変わるのは、明治の言文一致を待たねばならない。

このように、書き言葉と話し言葉が大きくかけ離れるという現象は、世界各地で広く認められるものである。これは、書かれた言葉というものが権威を持つこと、そしてそれらを操る人々が強いエリート意識を持ち、自分たちのアイデンティティを保証するものとして権威化した言語を保持し続けたことに由来するものであろう。無論、たとえばヨーロッパにおいて、国籍を異にする人々であってもラテン語で会話ができたように、あるいは東アジアにおいて、文言を介して文字の形で諸国間の意思疎通が可能であったように、こうしたエリート間の共通言語の存在には一定のメリットが存在した。しかし一方で、このためエリート以外の人々が「読書」から排除されていたことは紛れもない事実である。

では今日私たちが楽しんでいる「読書」は、いつ始まったのか。不特定多数の読者が対象となる以上、そこで前提となるのは書籍の大量複製と、教養が高くない人間でも読解可能な言語の存在である。大量複製のためには欠かせない紙と印刷術は、ほかならぬ中国において、他の地域よりはるかに早い時期に開発された。つまり、中国には今日的な「読書」の第一の前提が、世界でも最も早い時期に具わっていたことになる。では言語の面はどうであろうか。話し言葉の語彙を用いた、エリート以外でも読んで理解できる書き言葉（「白話《はくわ》」と呼ばれる）が本格的に出現するのは、印刷術の成立からは大きく遅れて、元・明期のことになる。この時期こそ、本書がこれから論じていく対象になる。

本書は、安藤信廣氏の『中国文学の歴史　古代から唐宋まで』の後を承ける形で、それに続く時期の文学について論じるものである。ただ本書の内容は、安藤氏の前著とは異なる視点に基づくものになる。唐宋の文学作品は、ほとんどが文言で記されたものであり、安藤氏の前著は当然ながら、知的エリートによる作品を中心として記述されている（無論「宋代の小説」の項などで、非エリートを対象とする文学についても適切な目配りはなされている）。一方、本書においては、白話を用いた文学がいかにして出現し、展開していくかを中心に追っていくことになる。それは、今日の「読書」がどのようにして生まれ、育まれていったかを追体験することにもなるであろう。

従って本書においては、元・明・清における伝統詩文には、必要な場合以外深くふれることはしない。かつて吉川幸次郎氏は、元・明期の文学について、「この時期においても、文学の中心として意識され、したがってもっとも真剣な感情表現の場となったのは、依然として詩及び非虚構の散文であった。ことに詩である。戯曲と小説は、「文学革命」までは、意識され、真剣な気持ちで書かれることは、むしろ稀であった」、「元以後の文学の研究においても、まず重視すべきは、詩である」と述べた（『元明詩概説』（岩波書店一九六三））。この言葉は確かに正しい。ただし、それは当時の士大夫《したいふ》、つまりエリートの視点から「文学」をとらえる限りにおいてである。エリート以外の人々が文字の表面に出現するこの時期、どのようにして多くの人々が文学を楽しむようになってきたかを追っていくことは、文学とは何かについて再考する上で重要な意味を持つであろう。「近代」をもたらした重要な契機が、非エリートが書物を読むことにあったことを思えば、それは私たちが生きる現在を問い直すことにもつながり、また「読書」という行為が今日私たちにかくも深い喜びを与えてくれることを思えば、私たち一人一人にとっても、それは大切な意味を持つに違いない。

目次

第一部

金・元の文学

一——白話文学前史

◈白話とは

「はじめに」で述べたように、本書は元代以降の文学について、白話文学を中心に述べるものである。そのためには、まず最初に「白話」の定義をしておく必要があるだろう。

元来言語とは音声によってやりとりされるものである。漢字を使用する中国については、あたかも先に文字があったかのような印象を受けがちであるが、無論そのようなことはありえない。やがて言語を記録に残すため文字が生まれ、言語は二次元に定着されるようになるが、その初期においてはどの文字を当てはめるかも固定せず、またどのように言葉を並べるべきかも定まっていなかった。つまり、表記・文法ともに不安定だったことになる。『尚書《しょうしょ》』の古層に属する文章が非常に読みにくいのは、これに由来するものであろう。

春秋・戦国時代を経て、漢代(紀元前二〇二～二二〇)になると『史記《しき》』『漢書《かんじょ》』などによって安定した書記言語(書き言葉)が成立する。これが中国の古典的な文章語である「文言」の基本形になる。

その文体は、特に人物の発話（セリフ）の部分については当時の口頭言語（話し言葉）に近いものだったと思われるが、ここで一度文章の書き方が定まってしまうと、使用される語彙までが固定し、以後多少の変化はあるものの、漢代の語彙がそのままはるか後世に至るまで用いられ続けることになる。

その後、魏晋南北朝期には四字・六字の対句により構成される美文である四六駢儷体《しろくべんれいたい》（駢文）が発達する。更に唐代には、文章で書く対象の拡大に伴い、韓愈《かんゆ》・柳宗元《りゅうそうげん》らによって、多用途に用いることが可能で、しかも内容を理解しやすい「古文《こぶん》」という文体が生み出され、宋代に入って欧陽修《おうようしゅう》らの主導によりこの文体が主流となって、中国の書記言語は古文・駢文の二本立てによるという形ができあがり、以後それは二十世紀初頭まで継続することになる。ただ、文体改革がいかになされようと、そこで用いられるのは原則として漢代の語彙であり、文法も基本的に漢代のパターンを引き継いだものであり続けていた。

ここでほぼ完成を見た書記言語が「文言」と総称されるものである。それに対して、一般の人々が日常的に使用する言語に基づく書記言語を「白話」と呼ぶ。より正確に定義すれば、白話とは、「口頭語（話し言葉）語彙を使用する書記言語」ということになる。更にいえば文法体系も口頭語に基づいているため、文言とはやや異なる点がある。

白話はしばしば「口語」と理解されがちであるが、文字で書かれたものである以上、あくまで書記言語であることには注意が必要である。この点で「口語」という言葉には曖昧な点があるため、本書では実際の会話で使用される語は「口頭語」、文字で書かれたものを「白話」と呼ぶことにする。また、口頭語は当然時期により変化するため、固定した白話文というものは存在しない。白話文は文言文とは異なり、時期によって変化するという特徴を持つ。

◈白話の文字化を阻むもの

前述したように、文言は漢代の語彙を用いて書かれる。当然、それは人々が日常用いていた言語とはかけ離れたものであった。従って、古典的教養を持つ人間しか読み解くことができなかった。しかし、唐代前期までは、そもそも文字を読む能力を持つ人間自体の数が限られていた以上、それで特に不都合はなかったのである。ということは、この時期までの文学は、ごく限られた知的エリートの間でやりとりされるものであったことになる。作品は特定の読み手を想定して書かれるのが一般的であった。つまり、この段階では「不特定多数の読者」というものは存在しなかったのである。

しかし、安史《あんし》の乱(七五五〜七六三)を契機に動き出した「唐宋変革」と呼ばれる巨大な社会変動が状況を変えはじめる。家柄を大きくは問わない文官登用試験である科挙に合格して高級官僚へと立身した人々が、貴族に対抗して権力を持つようになって士大夫層を形成したことは、社会の比較的豊かな層において学問や詩作が拡大していく要因となり、税法の改革や塩の専売の拡大から貨幣経済が広がったことは、書類や帳簿の作成の必要性をもたらし、都市においては商工業に従事する人々にまで識字を拡大させる契機となる。韓愈らの「古文」も、新たに出現した士大夫たちが、自身の考えを文字の形で表明することを希求したことから生まれたという側面を持つ。

更に、唐代後期には成立していたものと推定される印刷術は、五代の時期には国家事業としての儒教経典の刊行という形で本格化し、はるか以前の後漢期には発明されていた紙とあわせて、文献の大量複製の態勢が整って、北宋期（九六〇～一一二六）には出版が盛んに行われるようになる。またこの時期には、東京開封府《とうけいかいほうふ》をはじめとする都市が繁栄し、貨幣経済の発達と相まって、「瓦市《がし》」と呼ばれる盛り場でさまざまな芸能が盛んに演じられていた。その中には「雑劇《ざつげき》」と呼ばれる演劇や、「講史《こうし》」と呼ばれる歴史を題材とした続き物講談、「小説《しょうせつ》」と呼ばれる一回読み切りの講談などが含まれていた。これらの芸能は口頭で語られていたものである以上、それを文字の形に記録すれば、読み物としての戯曲・小説ができあがるはずである。しかしそうはならなかった。北宋期にその種の書物が刊行された形跡は全くない。これは、現存する北宋刊本のほとんどが非常に水準の高い印刷物であることに示されているように、出版は金と手間をかけて行う事業であり、裏返していえば安価な書物を大量刊行する技術がまだ確立しておらず、当時にあって出版の対象となりうるのは「経史子集」の書と宗教文献にほぼ限定されていたためであろう。

一一二六年に北宋が滅亡すると、中国は金と南宋による南北朝体制に移行する。南宋においては出版が更に盛んになり、首都杭州臨安府《こうしゅうりんあんふ》で出版社を営んでいた陳起《ちんき》（?～一二五五）は、『江湖《こうこ》小《しょう》集《しゅう》』という叢書のスタイルで、特に地位を持たない一般市民のものを多く含む詩集を刊行している。つまり、本を読み、更には書くという行為は士大夫以外にまで広がっていたことになる。また、政府高官だった洪邁《こうまい》（一一二三〜一二〇二）は、奇談を集めた『夷堅志《いけんし》』を編集し、大いに人気を博した結果、南宋全土から奇談が寄稿され、次々に続篇を刊行して全四百二十巻に及ぶに至った。しかも、彼の「夷堅乙志序」によれば、最初の『夷堅志』が出て間もなく、早くも建陽《けんよう》・蜀《しょく》・金《きん》華《か》・杭州の出版社が、洪邁のあずかり知らぬところで海賊版を刊行していたという。

つまり南宋においては、高級知識人以外の読者と、商業的利益を求めて機敏に売れる本を刊行する出版社が存在し、しかも面白い読み物への希求も確かに存在したのである。これは、芸能で演じ語られている物語を文字化した戯曲・小説の刊行を促す状況といってよいであろう。しかし、南宋において白話で書かれた戯曲・小説が刊行された形跡はほとんどない。『西遊記《さいゆうき》』の原型ともいわれる『大唐三蔵取経詩話《だいとうさんぞうしゆきょうしわ》』はその数少ない例外だが、これは性格上宗教パンフレットの一つに含めてもよいかもしれない。

では、なぜここまで条件がそろっても白話による文学作品が刊行されることがなかったのか。その原因は南宋社会の性格に求められよう。

さきに見たように、南宋においては一般市民の詩集が刊行されていた。これは、士大夫以外の人々が文学に関わりはじめたことを意味する。一見するとこれは、高級知識人以外の言語である白話による文学が表面化する機会が熟成しつつあったことを示すかのようである。しかし、彼らがこぞって詩作を行っていたことに注意せねばならない。南宋において権力を握っていたのは、科挙により選抜された高級知識人たる士大夫であった。士大夫とは原則として詩を書くものである。社会の価値基準が、その社会において優位にある人々に置かれるのが常であることを考えれば、一般市民の間に詩作が広がったことの意味するところは明らかになる。彼らは士大夫への同化を希求していたのである。そして士大夫は、自身の学問教養によって地位を得たことに高

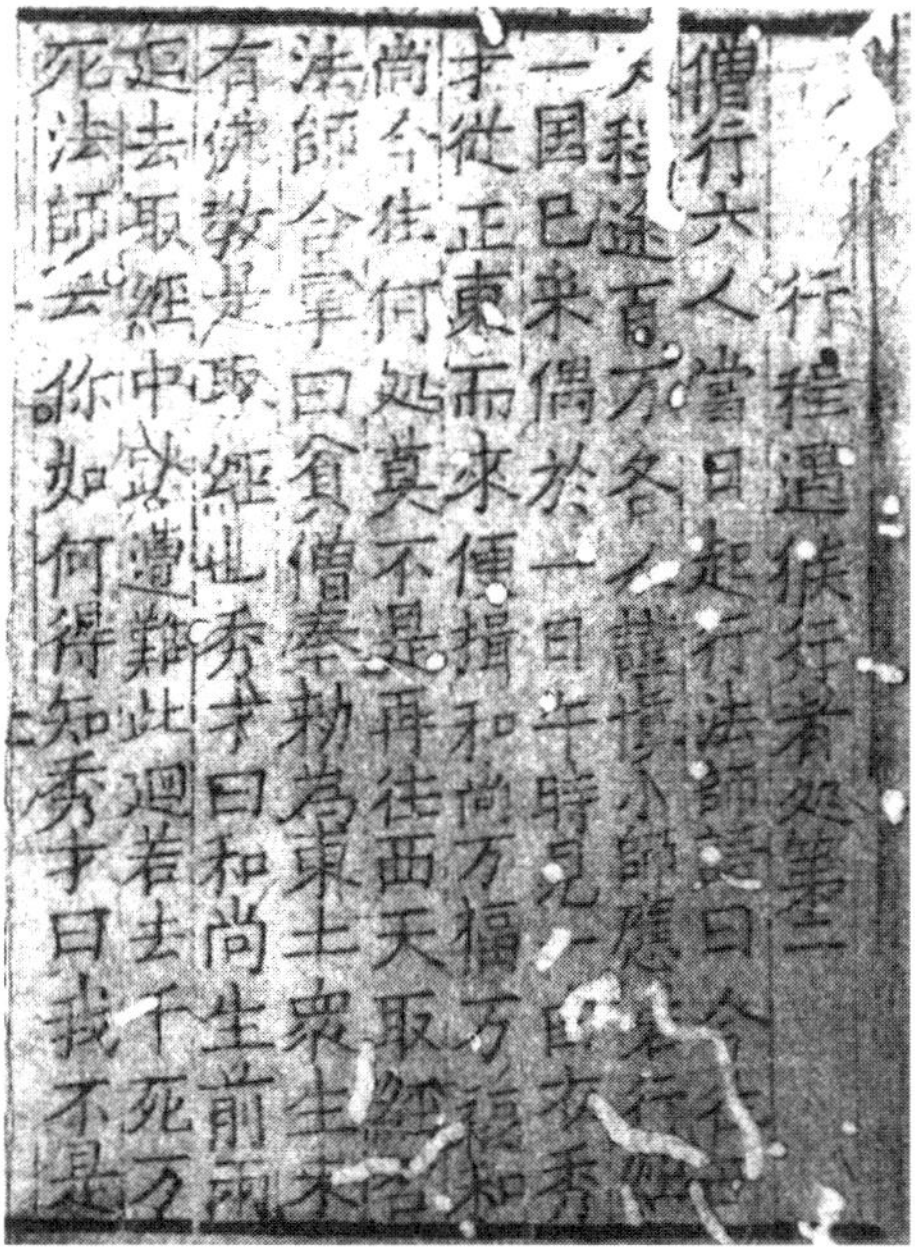
行程遇猴行者處第二
僧行六人當日起行法師語曰今往西
天程途百万各人謹慎小師應諾行經
一国已来偶於一日午時見一白衣秀
才從正東而來便揖和尚万福万福和
尚今往何處莫不是再往西天取經否
法師合掌曰貧僧奉勅為東土衆生未
有佛教是取經也秀才曰和尚生前兩
廻去取經中路遭難此廻若去千死万
死法師云你如何得知秀才曰我不是

『大唐三蔵取経詩話』

いプライドを持ち、文言を読み書くことを存在理由とする人々であった。彼らは自らを「雅」と定義し、それ以外の人々を「俗」と見なして軽視する。南宋において、「俗」なる言語である白話による文学作品が刊行されがたかったのも当然のことだったといわねばならない。

こうした社会体制が続く限り、白話文学が刊行される可能性は低いままにとどまらざるをえない。白話文学が表面化するには、社会体制の大きな変化が必要であった。それは北方からもたらされる。

二——金の文学　白話文学の誕生

一一二七年に北宋を滅ぼした金は、女真《じょしん》族が建てた国である。以後一二三四年にモンゴルに滅ぼされるまで、百年あまりにわたって中国北部は金の支配下にあった。

異民族王朝ということで、金の文化は低く見られがちであるが、大詩人元好問《げんこうもん》を生み、更にその元好問が編纂した金代詩人の作品集『中州集《ちゅうしゅうしゅう》』に示されているように、その文化的水準は決して低いものではなかった。北宋同様に科挙も実施し、漢民族についていえば、士大夫が高い地位を占めるという状況は維持されていたといってよい。しかし、そうした中にあって、全く新しい白話による文学作品が、しかも巨大な規模と非常に高い水準を持って出現する。『董解元西廂記《とうかいげんせいしょうき》諸宮調《しょきゅうちょう》』（以下『董西廂』と略称）である。

「董解元」は作者の名。ただし「解元」は、元来は宋・金の科挙の地方試験「解試《かいし》」にトップ合格したことを意味する称号だが、当時は知識人に対する敬称として一般に知られていた。つまり「董の旦那」という意味になる。董解元がどのような人物だったかは全く不明だが、彼を主人公にした雑劇が元代に作られている（現存せず）こと、後にふれる曲作者列伝『録鬼簿《ろくきぼ》』で曲の「草創」として筆頭に名をあげられていることから考えて、曲の世界では伝説的な人物だったものと思われる。妓楼という場で唄われていた曲の伝説的作者であり、かつ「解元」という知識人の肩書きを持つことから考えて、おそらく妓楼と関係の深い知識人だったのであろう。「西厢記」は物語の題名、そして「諸宮調」とは、「曲」によって物語を唱《うた》い語る語り物芸能の名称である。ここでまず「曲」について説明せねばならないであろう。

◈曲とは

「曲」とは、唱うために作られた韻文の形式、簡単にいえばうたの歌詞である。一口に曲といっても、北方系の北曲《ほっきょく》と南方系の南曲《なんきょく》があり、更に南曲はいくつもの系統に分かれており、実は「曲」という名称自体甚だ大雑把なものなのだが、要するに先行する類似した性格を持つ「詞」に対して、より大衆的なうたをひっくるめた名称ということになるかもしれない。ここで問題にするのは北曲であり、以下単に「曲」といえば北曲のことを意味する。

前述の通り、同様の性格を持つものとしては、唐代後期に始まり、五代・宋に流行して、高級知識人によっても数多く作られた「詞」がある。詞は、「詞牌《しはい》」と呼ばれる決まった旋律に基づいて、声調などもメロディの抑揚と合致するように細かく合わせていくものであったが、曲も同様、「曲牌《きょくはい》」という旋律に合わせて作られる。その点で両者は酷似しているように見えるが、詞と曲には大きな相違点が五つある。

①異なる旋律

別種の音楽である以上、両者の旋律は当然性格を異にしたはずである。詞牌と曲牌には同じ名称のものがしばしばあり、両者の間には一定の影響はあったものと推定されるが、完全に同じではなかったものと思われる。

②『中原音韻《ちゅうげんおんいん》』の体系による押韻

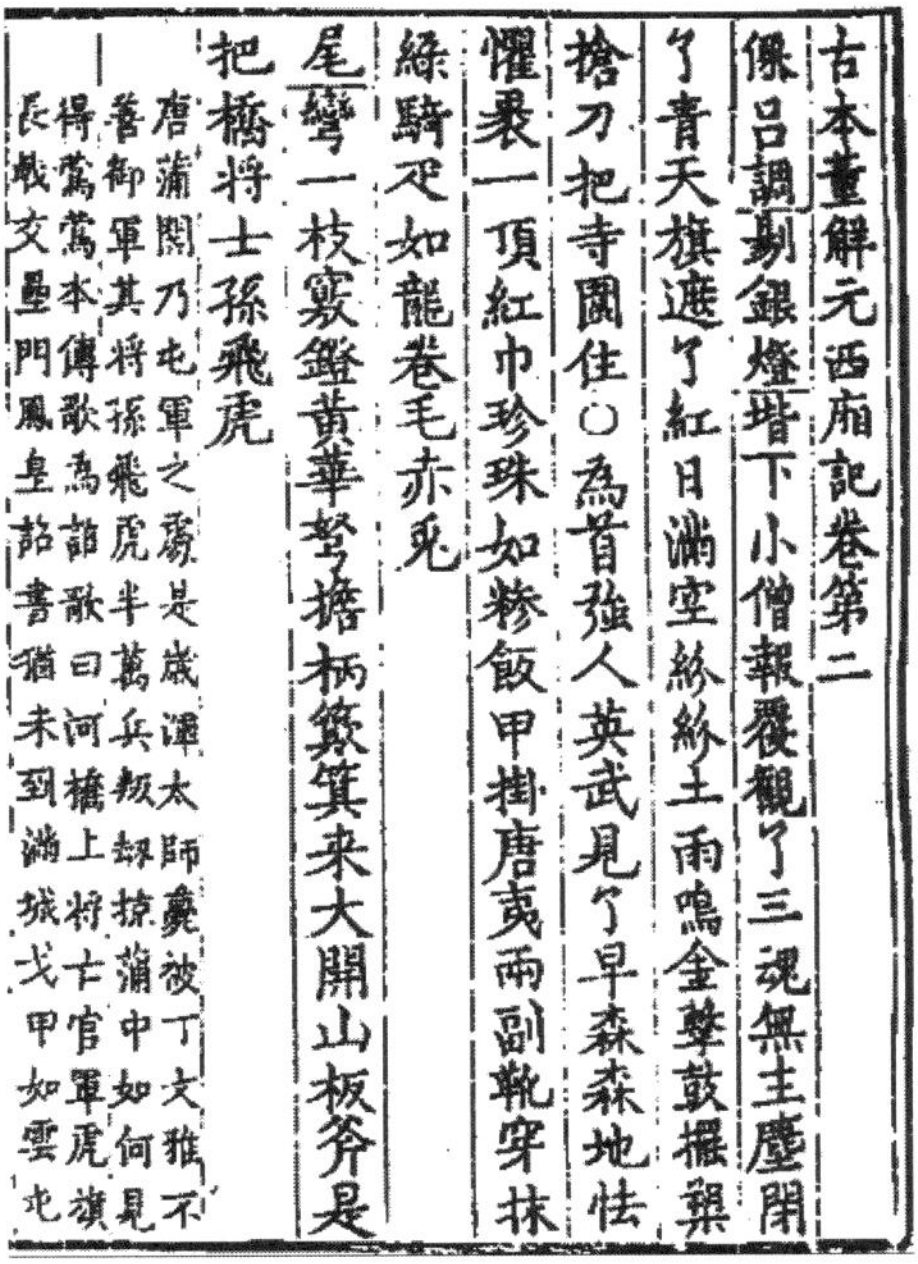
古本董解元西廂記卷第二
僊呂調剔銀燈堦下小僧報覆觀了三魂無主塵閑
了青天旗遮了紅日滿空紛紛土雨鳴金擊鼓擺槊
擔刀把寺圍住〇為首強人英武見了早森森地怯
懼褁一頂紅巾珍珠如粽飯甲掛唐夷兩副靴穿抹
綠騎疋如龍卷毛赤兎
尾彎一枝寨鐙黃華弩攜柄鐵簨来大開山板斧是
把橋將士孫飛虎
唐蒲關乃屯軍之處是歲渾太師薨被丁文雅不
善御軍其將孫飛虎半萬兵叛劫掠蒲中如何見
得鶯鶯本傳歌為證歌曰河橋上將亡官軍虎旗
長戟交壘門鳳皇詔書猶未到滿城戈甲如雲屯

『董解元西廂記諸宮調』（嘉靖三十六年〔一五五七〕序刊本）

詞は平上去入の四声により押韻されるが、曲は、元代に周徳清《しゅうとくせい》によって『中原音韻』という書物にまとめられることになる音韻体系によって押韻する。具体的には入声《にっしょう》が存在せず、現代中国語の標準語に近い韻の踏み方をする。

③襯字《しんじ》の使用

「襯字」とは字余りのことである。詞・曲では、メロディの音拍数に応じて一句の字数が厳密に定められているが、曲においては大幅な字余りが許容される。

④白話語彙の多用

妓女の感情を白話語彙をまじえてうたった柳永《りゅうえい》の作品のような例外はあるものの、詞は文言を主体とするものが多く、白話語彙は妓女の言葉などに限定的に用いられる程度である。曲においてはほとんど無制限に白話語彙が使用され、罵語や俗語の使用も忌避されることがない。

⑤套数《とうすう》の存在

詞は短い小令《しょうれい》と長い慢詞《まんし》に分かれるが、いずれにせよ一つの詞牌を、多くは二回繰り返す形式を取る。曲にも小令という名称は用いられるが、これは曲牌一つで終わるもの（二度繰り返すことは少ない）のことであって長短には関係なく、一方で多くの曲牌を決まった順序でつなげていく「套数」という形式が存在する。それぞれの曲牌は何らかの宮調（西洋音楽において「ハ長調」といった形で示される調性に当たる）に属しているが、套数はすべて同じ宮調に属する曲牌により構成される。これは、当時はピタゴラス音階が用いられていたため、伴奏楽器を伴う場合、自由に転調することができなかったためと思われる。

これらの相違点こそが、実は曲の性格を示すものなのである。確かなことはいえないが、宋代のある時期には北方では入声音が消滅しつつあり、金代にはおおむねなくなっていたものと思われる。曲はうたであって、文字で読むのではなく、耳で聴くものである以上、実際に話されている発音と同じ音韻体系で作られる必要がある。そうでなければ、そもそも聴き取ることが不可能であり、旋律にも乗らず、韻も響かない。②であげたように、入声を欠く音韻体系に基づいて押韻することは、曲が北方で実際に話されていた言語の音声に基づいて作られていることを意味する。③「襯字の使用」は、非常に饒舌な表現が可能であることを意味する。④「白話語彙の多用」は、教養のない者でも耳で聞き取りやすいこと、庶民的な事柄でも表現しやすいことを意味する。そして⑤「套数の存在」は、曲により長大な物語を語ることができることを意味する。

以上を総合すれば、曲の特質は明らかであろう。曲は、北方の言語に密着した、長い物語を語ることが可能な、庶民的な事柄をうたうことのできる形式だったのである。おそらく、妓楼などで上流階級の人々相手に唱われていた詞とは異なり、民間芸能において演劇や語り物で用いられるものだったと思われる。つまり詞が「雅」だったのに対し、曲は「俗」だったことになる。『董西廂』は、当時民間で一般に演じられていた語り物テキストの一つだったものと思われる。そのことは題名にも示されている。「諸宮調」とは、さまざまな宮調のうたが入りまじった形で用いられることを意味する芸能の名称なのである。するとここでもう一つの問題が浮上してくる。

北宋以来、おびただしい量の芸能が演じられていたことは、北宋開封の状況を伝える『東京夢華録《とうけいむかろく》』や、南宋臨安の状況を伝える『夢粱録《むりょうろく》』などに見える通りである。しかし、それらの芸能テキストはどれ一つとして残ってはいない。ではなぜ『董西廂』は文字の形で今日まで伝えられることになったのか。

その答は現存する『董西廂』刊本の末尾の詩から明らかになる。その第二句に「鏤板将令鏡不磨（版木に彫って消えることのない鏡としよう）」とあり、これは『董西廂』が成立から間もなく出版されたことを意味するものである。現存する最古の『董西廂』刊本は、明代中期嘉靖年間（一五二二～一五六六）のものだが、元代の砦の跡から『董西廂』の一部を抜き書きしたものが発見されており（「新疆且末県出土元代文書初探」〔『文物』一九九四年十期〕）、少なくとも元代には『董西廂』はかなり広く読まれていたものと考えられる。これは刊本の存在を抜きにしては考えにくいであろう。

そこで更なる問題が浮上する。北宋・南宋において、白話を用いた文学作品がほとんど刊行されていないことはすでに述べた通りである。なぜ「俗」な芸能テキストであるはずの『董西廂』が刊行されえたのか。

◈『董解元西廂記諸宮調』刊行の要因

要因として考えうる第一の点は、たとえば元末明初の賈仲明《かちゅうめい》の雑劇「金安寿《きんあんじゅ》」における女神金母のセリフに「女直家多会歌舞的（女真人には歌舞が得意な者が多い）」とあるように、女真人が歌舞音曲を好んだことである。支配層を形成する女真人が歌舞音曲を好めば、従来歌舞音曲を好むことをあからさまには表明していなかった漢民族の知識人の間でもある程度抵抗は薄れうるであろう。実際、山西省の金代漢民族士大夫の墳墓から演劇の場面を描いた浮き彫り・人形などが大量に発見されていることはよく知られている通りである。つまり、知識人の間にも曲を受け入れうる素地はある程度あったことになる。

山西省金代墳墓の演劇上演風景浮き彫り（山西稷山馬村金段氏墓群2号墓。『中国大百科全書　戯曲 曲芸』〈中国大百科全書出版社一九八三〉による）

しかし、これだけで『董西廂』のような大規模かつ高水準の白話文学作品が制作・刊行されるわけもない。そこにはより本質的な理由があったのではないか。ここで注目されるのが、金代後期から高級知識人による曲の制作が始まっているという事実である。

「元曲《げんきょく》」というと、元代に栄えた演劇である元雑劇を思い浮かべる人が多いが、曲はうたの形式であって、演劇の歌詞として用いる以外に、単にうたとして唱われることも多い。そうしたものを「散曲《さんきょく》」と呼ぶ。金代後期には、大詩人元好問をはじめとする一流知識人によって散曲が作られている。なぜ「雅」を重んじるはずの知識人が、「俗」な芸能のうたである曲に手出しをしたのであろうか。この謎を解く鍵は、金における詞の制作状況にある。

金においては、道教に関わる宗教的なものを除けば、詞の作例は大変少なく、同時期の南宋において大量の詞が作られていたこととは鮮明な対照をなす。これはなぜであろうか。さきにあげた曲と詞の相違点にその答が隠されている。

前述したように、当時北方においてはすでに入声はほぼ消滅していたものと推定される。一方、南方では入声は維持され続けていた。そして詞は、入声の存在する音韻体系に基づいて作られ、唱われるものである。実は北宋の段階で、詞の作者にすでに北方人は少なく、福建出身の柳永をはじめとして、主要作家のほとんどは南方人であった。南部中国をも版図に含んでいた北宋であれば、詞はまだ広く制作され、唱われる余地があったが、金が領有していたのは北部のみである。前述のように、耳で聴いて理解できることは、歌唱されるうたにとって不可欠の条件だが、南北の音韻に大きな差が生じていた以上、南方の音韻体系に基づく詞を唱い、聴き、味わうことは、北方の人々にとっては困難になっていたはずである。

しかし、高級知識人にとっても詞はすでに重要な創作ジャンルになっていた。北宋に入って、科挙官僚による文官統制の確立に伴い、政治の担い手となった士大夫の表芸である詩は、士大夫のいわば建前をうたうものになっていく。その結果、唐代までは詩の重要な題材であった恋愛などが表立って詩でうたわれることは少なくなり、また過度にセンチメンタルな表現も忌避されるようになる。しかし、創作者としての詩人にとっては、恋愛をうたうこと、自己規制を超えてセンチメンタルな感情を吐露することを断念することは難しい。そこで、建前を離れた表現手段となったのが詞であった。それゆえ、金代の知識人たちも詞の制作は続けたい。しかし、歌唱を離れて文字で味わうものとしてならともかく、実地に唱うものとしては、詞は北方では成り立ちがたい。そこで、代用品として採用されたのが、詞と酷似した形式を持ち、北方の音韻体系に合致した曲だったのであろう。こうして金代には、本来通俗的な芸能の音楽だったはずの曲が、高級知識人にも受け入れられる状況が発生していたのである。この流れは金滅亡後のモンゴル期には更に鮮明になる。

こうした背景ゆえに、『董西廂』は制作され、文字化され、刊行されることになったのであろう。そしてそこには、これまでの中国文学で語られたことがなかった新しい物語が、文字の形を取って現れることになる。

◈『董解元西廂記諸宮調』では何が語られているのか

『董西廂』の物語は、白居易《はくきょい》の親友だった中唐の詩人元稹《げんじん》の「鶯鶯伝《おうおうでん》」に源を発している。「鶯鶯伝」は、主人公張生《ちょうせい》（「生」は若い知識人の呼称）が貴族の娘崔鶯鶯《さいおうおう》に恋して関係を持ったものの、後にあのような才色兼備の女性は人に害を及ぼすものだと言って関係を断つという後味の悪い内容を持つ。ところが、この物語は広く愛好されたらしく、宋や金においては、この題材を扱うらしい「鶯鶯」を題名に含む芸能演目の名が伝えられている。当然というべきか、原作の結末は大衆の好みには合わなかったようで、物語は波瀾万丈の末、二人がさまざまな障害を乗り越えて結ばれるという、ハッピーエンドに変質していくことになる。その集大成が『董西廂』であった。

『董西廂』の第一の特徴はその規模の雄大さである。全篇を構成する曲牌数は四百五十四に及ぶ。柳永の詞が全部で二百あまりであることを考えれば、『董西廂』のスケールの巨大さは理解できるであろう。そして、その内容は極めて多岐にわたるのである。

詞は、全体的な傾向として、女性が恋人の不在を嘆く閨怨《けいえん》を基本テーマとし、その表現を踏まえつつ次第に題材を拡大してきたといってよいであろう。前述のように、曲も詞の代用品として知識人の創作対象となったと思われる以上、当然ながら閨怨風の表現は『董西廂』にも認められることになる。巻一【虞美人纏】（以下【　】内に示すのは曲牌名）に始まる套数を見てみよう。まず最初の【虞美人纏】。

【虞美人纏】霎時雨過琴絲潤。銀葉龍香燼。此時風物正愁人。怕到黄昏。忽地又黄昏。○花
憔月悴羅衣褪、生怕旁人問。寂寥書舎掩重門。手捲珠簾、双目送行雲。
【虞美人纏】にわかに雨よぎって琴の絃《げん》潤い、銀の葉かたどる香炉に龍涎《りゅうぜん》の香焚けば、この時の風物はまこと愁《うれ》わしきもの。たそがれになるのがこわいと思ううち、たちまちたそがれとなる。○花月のかんばせはやつれて薄絹の衣はゆるくなり、気遣われるのはものや思うと人に問われること。さびしい書斎に幾重もの戸を閉ざし、手に真珠のすだれを巻き付けつつ、両の眼《まなこ》にて行く雲を見送る。

典型的な閨怨のうたに見える。香炉、愁い、たそがれ、痩せてゆるくなった薄絹の衣、真珠のすだれ、行く雲、いずれも閨怨詞ではおなじみの道具立てである。しかしよく見ると不釣り合いな語が一つある。「書舎」、これは書斎であって、恋物語では通常科挙受験生である男主人公の居場所である。「重門」の奥という深窓の令嬢を思わせる言葉とは釣り合わない。これはどういうことであろうか。三つ目の【萬金台】を見よう。

【萬金台】比及相逢奈何時下窨。你尋思悶那不悶。這些病何時可、待医来却又無箇方本。飲食毎日餐三頓。不曾飽喫了一頓。一日十二箇時辰。没一刻暫離方寸。
【萬金台】逢えるにしても今のつらさを何としよう。どれほどつらいかお考えあれ。この病

いつになったらよくなるやら、いやそうにも処方もありゃしない。一日三度の飲み食いにも、一度たりとも満腹せず、一日十二の刻限の、一時たりとも胸を離れぬ。

第三句あたりから、急に内容が崩れ出し、「無箇方本（処方がない）」の「箇」のような白話語彙が流入しはじめて、ついには一日三度の飯も一度も満腹できないという、ほとんど喜劇的といってよい世俗的な表現に至る。

実はこの部分は閨怨の美女である鶯鶯ではなく、恋に狂う男である張生をうたったものなのである。ではなぜ「花月（花月のかんばせ）」「羅衣（薄絹の衣）」などという本来女性を形容する語が用いられているのか。このうたは閨怨詞のパロディなのである。閨怨の美女と思って聴き（読み）はじめた受け手は、後半で世俗的な方向に崩れていく過程で、まんまとだまされていたことを悟らされる。パロディにより喜劇的効果を狙うことは、曲全体に認められる特徴である。常識を裏返し、笑いのめしていくこうした姿勢は、中国文学の世界では新しいものといってよい。そして、そこから人生の真実が時に顔をのぞかせることになる。

『董西廂』が持つもう一つの新しさは登場人物のキャラクターにある。この物語の主人公は張生と鶯鶯であり、彼らは伝統的な才子佳人の延長線上にあるといってよかろうが、それに次ぐ役割を担う二人の人物、紅娘《こうじょう》と法聡《ほうそう》は、これまで文学作品で正面から取り上げられることがほぼなかったキャラクターである。

紅娘は鶯鶯の小間使で、張生と鶯鶯の間を取り持つ役割を担う。頭の回転が速く、口が悪い女性で、張生はたびたび彼女にやりこめられることになる。二人の関係が鶯鶯の母にばれてしまった時には、責め立てる母に向かって紅娘は堂々と反論して、最終的には許しを勝ち取り、また更に一波乱あって、二人がいっそ心中しようとした時には、法聡ともども駆け込んできて止めるなど、その重要性は張生・鶯鶯に劣るものではない。ここで注目すべきは、彼女が小間使、つまりは家内奴隷の身分にある非自由民であることである。こうした身分の人間が、文学作品において正面から取り上げられることはこれまでほとんどなかった。ところが『董西廂』においては、彼女は主役といってよい地位を獲得し、支配階級である張生と対等の立場でやりとりし、嘲弄すらする。白話を駆使した紅娘と張生の軽妙なやりとりは、全く新しい表現を開拓したものといってよかろう。

法聡は物語の舞台となる普救寺の僧侶だが、実は元アウトローで、鶯鶯を狙って反乱軍の孫飛《そんひ》虎《こ》が寺を包囲した時には、「久しくほこりをかぶった戒刀、今日が精進開きよ」とうそぶいて、孫飛虎配下の者たちと闘うことになる。【玉翼蟬】の途中から引いてみよう。

……連天地叫殺不住、斉吹画角。愁雲閉日、殺気連霄。遂呼和尚、休要狂獐等待着。緊拮着鉄棒、牢坐着鞍轎。想着西方極楽。見得十分是命夭。略等我仁事与賢家、一万刀。

【尾】掩耳不及如飛到。馬蹄践砕霞一道。見和尚鼻凹上大刀落。

……天地をどよもす「やっちまえ」の叫びはやむことなく、一斉に角笛吹き鳴らす。愁いの雲は日を閉ざし、殺気は天に届かんばかり。かくて（敵将）坊主に呼ばわるには、「じたばたせずに待っておれ。しっかと鉄棒握って、鞍にしかとすわるのじゃ。西方極楽思っておれば、必ずや存分に早死にできるに相違ない。貴公に贈り物やるゆえちと待っておれ、一万刀じゃ」。

【尾】耳覆う間もなく飛ぶが如くに来たる。馬蹄砕けた夕焼け一筋踏み砕くと見るや、坊主の顔に大長刀《おおなぎなた》落ちかかる。

このように具体的な闘いの描写は、やはり従来の中国文学ではほとんど認められないものである。『春秋左氏伝《しゅんじゅうさしでん》』や『史記』以下の歴史書にはかなり具体的な合戦の叙述はあるが、個人対個人の戦闘を細かく描写した例はあまり見当たらず、韻文でそれを行ったものもごくわずかしかない。しかも、ここで主役を演じる法聡は元アウトローである。こうした秩序の枠外にある人間が、肯定的な役割を持って登場し、大いに活躍するというのも、従来の文学作品にはあまり例を見ないことである。なぜこのような新しい文学が生まれえたのであろうか。

そこで鍵になるのが、これ以前に例外的に存在する韻文による戦闘描写の事例である。敦煌《とんこう》変文には「漢将王陵変」など、韻文による戦闘描写の事例がある程度認められる。そしてそれらは、偶然後世に伝わった芸能のテキストであった。このことと、曲は元来芸能に用いられていたものであり、諸宮調も芸能の語り物であること、『西廂記』の物語が鶯鶯を題材とする芸能から生まれたことを考え合わせれば、おのずと答は見えてくる。『董西廂』において、これまで文学で語られることがなかった身分に属する紅娘や法聡が主役格で活躍すること、従来になかった戦闘描写や白話によるユーモアに富んだ表現が認められることは、いずれも芸能に由来するものなのである。芸能の担い手は芸人であり、彼らは楽戸《がくこ》という身分に位置づけられ、社会的に差別される存在であった。彼らが、非自由民である紅娘や、体制の枠外の存在である法聡について共感を持って語るのは、当然のことであろう。

そして、主人公の張生は、士大夫でありながら、彼ら社会から疎外された存在に対して全く偏見を持たない人間として描かれている。彼は法聡と義兄弟関係になるが、これは張生が、アウトローや武人に広く見られる擬制的家族関係を結ぶのをためらわないことを示していよう。さればこそ彼は芸能の世界で主役を演じられるのである。疎外された人々に偏見を持たなかったのは張生だけではない。彼らに対する深い共感を持ってこの物語を書き綴った作者董解元もそうであったに違いない。

詞の代用品として知識人に採用された曲は、一方で詞の後継というべき作品を生み出しつつ、他方で芸能に出自を持つことに由来する特性を生かして、全く新しい表現・題材を文字の世界に持ち込むことになったのである。この動きは、元に入って大きく開花することになる。

三――元の文学（一）曲の世界

一二三四年、モンゴルは金を滅ぼして北中国を征服し、一二七一年に「大元《だいげん》」と国号を定める（従って、一二三四年から一二七〇年までは正確にはモンゴル期と呼ぶべきであり、また国号も「大元」とすべきところだが、便宜上「元」で統一する）。元は一二七六年には南宋の首都臨安を陥落させ、一二七九年には南宋の残党を滅ぼして中国全土を支配するに至る。以後一三六八年、明の北征を受けて元朝が北方に去るまで、中国全土はモンゴルの支配下に入ることになる。

この時期、元朝治下の人民は、モンゴル人・色目人（他の三種以外の民族に属する者。イスラム系が多い）・漢人（旧金国民とその子孫。人種は問わない）・南人（旧南宋国民とその子孫）の四種に分類された。中国語・中国文学について考える上で重要なのは、行政官庁の長は原則としてモンゴル人と定められていたこと、科挙が廃止され、官僚となるためには胥吏《しょり》から始めて、年功を積むことにより官へと昇進するのを原則とするというシステムが採用されたこと、人民が職能別に分類され、各職能集団の間には明確な上下関係がなかったことである。

行政官庁の長がモンゴル人であることは、政務についてモンゴル語が使用されることを意味する。無論、一般の中国語話者がモンゴル語を解さない以上、現実には中国語の使用は不可欠であり、また中国における生活が長いモンゴル人には中国語を身につけ、日常的に使用する者も多かったに違いない。とはいえ、皇帝、つまり大ハーンの命令がモンゴル語で発される以上、各行政機関におけるモンゴル語の使用は不可欠であった。しかし、当時モンゴル語はまだ書記言語として成熟しておらず、ウィグル文字による表記は不完全、後に作られたパスパ文字も十分には普及せず、しかもいずれも各地の官庁における業務を実際に行う一般の中国語話者には理解できない。その結果、モンゴル語をそのまま中国語に置き換えた「蒙文直訳体」という特殊な文体が生まれることになる。この文体であれば、該当する中国語をそのままモンゴル語に置き換えれば中国語を解さないモンゴル人でもすぐに理解可能であり、一方で中国語話者もパターンさえ呑み込んでいれば容易に読み解くことができるという点で、実用的だったに違いない。

更に、中国語を解する能力を持っているモンゴル人や色目人の場合でも、中国の古典的教養を必要とする文言文を理解するのは容易ではない。また中国語話者でも、元朝の支配階級には武人が多く、十分な古典的教養を持っていたとは限らない。そのため、行政文書を白話で書くことが一般に行われるようになる。このことは中国の書き言葉に大きな影響を及ぼすことになる。

言語が権威を持つのは、権威ある者が使用するからである。古くは文字を解する者自体少なく、文字を読み書きできる者が文化的な権威となり、彼らの使用する言語が正しい言語とされた。宋代以降、識字率はそれ以前に比べて大幅に向上したが、科挙制度と文官支配の確立に伴い、識字者の中でも古典的な言語を操ることができる者が、政治的・社会的・文化的権威となり、彼らが用いる文言が唯一の権威ある書き言葉とされ、日常的に用いられる口頭言語は、原則として文字で記録されることがないものとされてきた。ところが元に入って、政治的な権威者が白話を使用するようになったのである。その結果、政務に携わる知識人たちも、好むと好まざるとにかかわらず、行政・法律文書において白話を使用せざるをえないことになる。

そこに更に科挙の廃止という条件が重なる。これにより、従来唯一の権威であった科挙官僚が消滅し、士大夫はそのよりどころを失うことになった。科挙は南宋滅亡後の延祐二年(一三一五)に復活はするものの、三年に一度の実施でその定員はわずか百人、しかもモンゴル人・色目人・漢人・南人に均等に割り当てられていたため、漢人・南人の合格者は各二十五人にすぎない。これでは科挙合格の望みは低かったであろう。これらは必然的に、士大夫の存在理由であった文言の地位を揺るがせることになる。

更にそこに、人民を職能別に分類するというモンゴルの政策が加わることになる。知識人は文字技術者として「儒戸《じゅこ》」に分類され、芸能技術者である「楽戸」と対等の地位に置かれてしまう。もとより、中国社会において長年にわたり培われてきた差別意識が消滅するはずもなく、実際には士大夫は社会の上層を占め、楽戸は差別を受けていたであろうが、制度上の変化は一定の影響を与えざるをえない。知識人たちは、社会のエリートとなる手段を失い、身分上もエリートとは認知されなくなったのである。知識人たちのアイデンティティに揺らぎが生じ、その根拠となった文言の絶対的地位にも揺らぎが生じる。

こうして、元代には高級知識人が白話と関わる条件が具わってきた。政府機関において地位を占める知識人が白話を用いて文章を書かねばならなくなるというかつてなかった事態の出現は、彼らの白話に対する抵抗を弱めたに違いない。そこに金以来の知識人による曲の制作という条件が重なった時、全く新しい文学が生まれる。中国文学における最も重要な作品群として「漢文」「唐詩」「宋詞」と並称される「元曲」の登場である。

◈散曲——新しいうた

元曲に関する資料として最も重要なのは鍾嗣成《しょうしせい》の『録鬼簿』である。「過去帳」という意味の名を持つこの書は、曲作家の伝記（といっても非常に簡略な記述のみ）を作品名とともに列挙したもので、書名は、記録されている人物の大半がすでに死んでおり、生きている者もいずれは死ぬという、鍾嗣成のいかにも曲の作家らしい皮肉な考えに由来する。

『録鬼簿』に記録される曲作家は、「楽府《がふ》」の作者である「名公《めいこう》」と、「伝奇《でんき》」の作者である「名公才人《めいこうさいじん》」に分けられている。この場合、「楽府」は散曲、「伝奇」は雑劇を意味する。散曲作者が「名公」であるのに対し、雑劇作者が「名公才人」であることは、両者の身分に差があることを暗示するものであろう。

実際、『録鬼簿』巻頭に列挙される「名公」たちは、曲の創始者とされる伝説の人物董解元を別にすれば、元の世祖クビライの腹心だった劉秉忠《りゅうへいちゅう》（一二一六〜一二七四）をはじめ、元朝政府の首脳だった楊果《ようか》（一一九五〜一二六九）や姚燧《ようすい》（一二三九〜一三一四）、モンゴル期に統治を委託されて事実上の独立政権を築いていた史天沢《してんたく》（一二〇二〜一二七五）、南宋を最終的に滅亡させた厓山《がいざん》の戦いの司令官張弘範《ちょうこうはん》（一二三八〜一二八〇）など、モンゴル政府において非常に高い地位にあった人々が顔をそろえており、無官だった杜仁傑《とじんけつ》（?〜一二八一?）なども当時の一流知識人として高名だった人物である。こうした高い社会的地位を持つ人々が散曲を作っていたことは、前章で述べたように、北方の知識人の間で曲が詞の代用品として制作されていた状況を示すものであろう。当然、彼らの作品には詞の亜流というべきものが多い。楊果の【小桃紅】をあげてみよう。

【小桃紅】碧湖湖上采芙蓉。人影随波動。涼露沾衣翠綃重。月明中。画船不載凌波夢。都来一段、紅幢翠蓋、香尽満城風。

【小桃紅】碧《みどり》の湖そのほとりに蓮を採れば、人影は波につれて動き、涼しい露が衣潤して翠《みどり》の薄絹は重い。月明の中、屋形船は淩波《りょうは》の曲伝えし龍女《りゅうにょ》を載せてはくれず、すべて、紅の柱に翠のかさ、香りは街に満ちる風の中に消えゆくばかり。

まず詞と大差ないといってよいであろう。しかし、高級知識人とはいえ、無官の自由人だった杜仁傑は、詞では決して語られえなかった内容の作品を残している。その傾向は、套数という多彩な内容を語りうる長大な形式のものにおいて顕著に認められる。「荘家不識構欄（田舎者劇場を知らず）」と題する【耍孩児】に始まる套数から抜粋してみよう。お供えの紙銭と線香を買いに町に来た農民が芝居小屋の前に通りかかるところから。

【六煞】見一箇手撑着椽做的門、高声的叫請請、道遅来的満了無処停坐。説道前截児院本調風月、背後么末敷演劉耍和。高声叫、趕散易得、難得的粧哈。

【五】要了二百銭放過咱、入得門上箇木坡。見層層畳畳団圞坐。擡頭覷是箇鐘楼模様、往下覷却人旋窩。見幾箇婦女向台児上坐。又不是迎神賽社、不住的擂鼓篩鑼。

【四】一箇女孩児転了幾遭、不多時引出一夥。中間裏一箇央人貨。裹着枚皂頭巾頂門上挿一管筆、満臉石灰更着些黒道児抹。知他待是如何過。渾身上下、則穿領花布直裰。

【三】吟了会詩共詞、説了会賦与歌。無差錯。唇天口地無高下、巧語花言記許多。臨末絶、道了低頭撮脚、爨罷将么撥。

【六煞】一人がたるきで作った門を手に持って、大声で呼ばわるには「いらっしゃいいらっしゃい、遅れてきたら満員ですわるとこがなくなるよ」。言うには「前半は院本『調風月《ちょうふうげつ》（恋の取り持ち）』、その後は本狂言の『敷演劉耍和《ふえんりゅうさわ》（黒旋風李逵が名優劉耍和のまねをする）』だよ」。大声で呼ばわるには、「ドサ回りはたやすく見られもしようが、めったにない大喝采物だ」。

【五】二百銭取っておれを通してくれた。入口から入って木の坂上り、見れば何段にも重なってぐるりと丸くすわってる。首もたげて見れば鐘楼《しょうろう》みたいな様子、下を見れば人の渦巻き。

何人か女が台の上にすわって、社《やしろ》のお祭りでもあるまいに、ひっきりなしに太鼓と銅鑼を叩いてる。

【四】女の子が一人何度か回るうち、じきに一群れ引き出した。真ん中には一人のろくでなし、黒い頭巾のてっぺんに筆を一本挿して、顔中石灰だらけの上に黒い線塗り付けてる。いったいあいつはどうやって飯食ってるんだろう。全身上下、模様入りの直綴身《じきとつ》にまとう。

【三】ひとしきり詩と詞を唱えて、ひとしきり賦《ふ》と歌を語って、間違いもせず、ペラペラと上がりも下がりもせずに、うまい言葉を一杯覚えているもんだ。おしまいに、言い終わると脚に着くほど頭を下げて、前口上終わって本狂言の始まり。

呼び込みの口上、劇場内部の様子、「浄《じょう》」と呼ばれる道化役が前口上を述べる様がありありと描き出されており、この作品は当時の劇場の状況を示す貴重な資料というべきものである。このような情景が文字の形で描き出されたことは、中国文学の世界ではかつてなかった。しかも、全く無知な農民の目を通して描くことにより、都市住民が当たり前のものとして受け止めている事象を新鮮に描くことに成功している点も注目される。なぜこのような全く新しい描写が可能になったのであろうか。

ここでもやはり曲が本来芸能において用いられていた形式であることを想起すべきであろう。白話を多用することは、文言では述べえない庶民の世界を叙述することを可能にし、套数という形式は、詩詞では不可能だった饒舌な描写を可能にする。実は田舎者の目を通して都会を描くということも、宋金期に流行していた「雑扮《ざつふん》」と呼ばれる、開封に出てきた山東・河北の田舎者を嘲笑する芸能に由来するものなのである。しかし、田舎者を笑う不愉快な都市芸能が、田舎者の目を通して都会をとらえ直すという視点に変わっていくことに注目すべきであろう。これはやがて、朴訥な田舎者の目を通すことにより、都会や上流階級の虚飾をえぐり出す新たな視点をもたらすことになる。

　これまで語られることのなかった事柄を、これまで用いられることのなかった言葉と表現でうたうという傾向は、雑劇も書く作家の作品においてより顕著に認められる。雑劇・散曲双方の大家である馬致遠《ばちえん》のやはり【耍孩児】に始まる套数「借馬」の最初の部分をあげてみよう。

【耍孩児】近来時買得匹蒲梢騎。命児般看承愛惜。逐宵上草料数十番、喂飼得膘息胖肥。但有些穢汚却早忙刷洗。微有些辛勤便下騎。有那等無知輩。出言要借、対面難推。

【七煞】懶設設牽下槽、意遅遅背後随。気忿忿懶把鞍来鞴。我沈吟了半晌語不語、不暁事頽人知不知。他又不是不精細。道不得人弓莫挽、他人馬休騎。

【六煞】不騎呵西棚下涼処拴、騎時節揀地皮平処騎。将青青嫩草頻頻的喂。歇時節肚帯松松放、怕坐的困尻包児款款移。勤覷着鞍和轡。牢踏着宝鐙、前口児休提。

【耍孩児】最近西方の名馬を買《こ》うて、命のように大事にしておった。毎晩飼い葉をやること数十回、餌をやってよく肥えさせた。ちっとでも汚れがあれば、急いでこすり洗って、ちっとでも疲れたようならすぐ下りた。あの物のわからん奴らが、貸してくれなんぞと言い出しおって、面と向かっちゃ断ることもなりかねる。

【七煞】のろのろと廐《うまや》から引き出して、ぐずぐずと後に随《したが》え、ぷんぷんと鞍《くら》載せる気にもならん。おれはじっと考えてしばしものを言うやら言わぬやら、わからず屋のくそったれめがわかっとるのか。あいつとて物のわからぬ人間でもあるまいに。下世話にも「人の弓は引くな、人の馬には乗るな」というではないか。

【六煞】乗らぬ時には西の藤棚の下の涼しいところにつなぐのだぞ、乗る時には地面の平らなところを選んで乗れよ。青々とした軟らかい草を何度もやるんだぞ、休む時には腹帯をゆるゆるにゆるめるのだぞ、疲れちゃいかんから尻をゆるゆる動かせよ。鞍と手綱をよく見ておけ、しっかと鐙《あぶみ》を踏んまえよ、口のところを引っぱるなよ。

以下この調子で怒濤の勢いで注文をつけながら、その合間合間に馬に「あんな奴の言うこと聞くんじゃないぞ、帰りを待ってるからな」と言い含める曲が延々と五つ続いた末に、次のように結ばれる。

【尾】没道理没道理。忒下的忒下的。恰才説来的話君専記。一口気不違借与了你。

【尾】無茶だ無茶だ、あんまりだあんまりだ。さっき言ったことをあなたよく覚えておきなさいよ、少しも文句言わずにあんたに貸してやるんだからな。

最後の一言が強烈な落ちになっていることはいうまでもない。この作品は、詞とは全く異なる曲の特徴を余すところなく示している。即ち、饒舌さと皮肉を込めたユーモアである。では、なぜこのような作品が生み出されることになったのであろうか。そして、なぜ雑劇作家の作品にこうした特徴がより顕著に認められるのであろうか。

この問いに答えるためには、馬致遠と並んで雑劇作家の最高峰といわれる関漢卿《かんかんけい》の次の作品を見るべきであろう。【一枝花】に始まる「不伏老（老いには負けぬ）」である。長い作品なので、最後の【尾】のみをあげよう。老いた関漢卿が自分の遊び人人生を振り返るという体裁の作品である。

【尾】我是箇蒸不爛煮不熟捶不匾炒不爆響当当一粒銅豌豆。恁子弟毎誰教你鑽入他鋤不断斫不下解不開頓不脱慢騰騰千層錦套頭。我玩的是梁園月、飲的是東京酒。賞的是洛陽花、攀的是章台柳。我也会囲棋会蹴踘会打囲会挿科会歌舞。会吹弾会咽作会吟詩会双陸。你便是落了我牙歪了我嘴瘸了我腿折了我手。天賜与我這幾般児歹症候。尚兀自不肯休。則除是閻王親自喚、神鬼自来勾。三魂帰地府、七魄喪冥幽。天那、那其間才不向煙花路児上走。

【尾】おれは蒸せども蒸せず煮れども煮えず叩けどつぶれず炒れどもはじけぬカンカン固い

一粒の銅のエンドウ豆さ。おまえら遊び人どもめに潜り込めなんぞと誰が言ったんだ、鋤《す》けども断てず切れどもほどけず外そうにも外れぬゆるゆる締め付ける千層もある錦の罠に。おれが楽しむのは梁園の月、飲むのは東京の酒、愛でるのは洛陽《らくよう》の花、攀《よ》じるのは章台の柳。おれは囲碁も打てりゃ蹴鞠もできりゃ狩もできりゃお笑いもできりゃ歌や踊りもできるし、楽器もできりゃ歌も唱えりゃ詩も作れりゃ双陸《すごろく》もできる。たとえおれの歯を落とそうとおれの口をゆがめようとおれの足をだめにしようとおれの手を折ろうと、お天道様がおれにそんないろんないやな病くださろうと、それでもやめやしないぞ。閻魔大王様が御自ら呼び出され、鬼が自分で連れに来て、魂は冥府に帰し、魄《たましい》は冥土に喪《うしな》われる、その時になったらはじめて遊びの道行くをやめてやろう。

曲においては襯字つまり字余りが大幅に許容されること、そして白話語彙を自在に運用できることの効果をこれ以上顕著に示した事例はあるまい。そこに示されているのは、若造などとは格が違うと傲然とうそぶき、この道に人生を賭けることを決意した老遊び人の人間像である。これがどこまで関漢卿の実像を伝えているかはもとより定かではないが、彼が妓楼に入り浸り、妓女をはじめとする楽戸の人々と親密に関わっていたことは明らかであろう。もとより曲を唱い、雑劇を演じるのは楽戸の人々であった。

つまり、曲は妓楼における遊里文学としての性格を強く持っていたのである。その多くは戯れの空気の中で作られたものであった。そう考えれば、馬致遠が「借馬」を作った動機にも想像がつく。彼の遊び仲間に上等の馬を非常に大切にして、人に貸すのも嫌がる人物がいて、妓楼でその人物をからかうためにこの作品が作られたのではないか。全く臆測の域を出ないものではあるが、おそらくこの考えが大きく外れていることはあるまい。関漢卿の「不伏老」も、関漢卿自身の宣言というより、年老いても遊びをやめられない彼が、妓女たちや遊び仲間の受けを狙ってことさら大げさにうたった自虐的作品と理解すべきなのではないか。

　これは、散曲作家に比べて雑劇作家の身分が全体に低い理由を示すものでもある。世界のほとんどの地域において、芸能を演じる人々はいわれない差別の対象であり、中国も例外ではなかった。さきに元代には制度上芸能を演じる楽戸は差別の対象ではなくなったと述べたが、支配者であるモンゴル人がどのように規定しようと、従来の地域社会が変化しない以上、楽戸に対する差別が完全に解消されるはずもなかったであろう。従って、雑劇は賤しい者が関わることという不当な評価を払拭することはできなかったに違いない。それゆえ、歴とした士大夫はそれに関わることを潔しとしない。しかし一方で、楽戸に対する制度上の差別撤廃と、他方で生じた科挙廃止等に伴う士大夫の地位低下に伴い、知識人の中にも差別意識をあまり持たない人々が出現していた。それを示すのは、『録鬼簿』の李時中《りじちゅう》の項目にあげられた雑劇「黄粱夢《こうりょうむ》」に附された次の注記である。

一折馬致遠　一折紅字李二　一折花李郎　一折李時中

これは「黄粱夢」の四つの折《せつ》（「折」については後述）を馬致遠・紅字李二《こうじりじ》・花李郎《かりろう》・李時中が分担して合作したことを意味する。馬致遠は前述の通り元曲最大の作家の一人で、『録鬼簿』によれば「江浙省務官」、李時中も工部主事となっており、歴とした士大夫だったものと思われる。一方、紅字李二と花李郎の二人は、金の名優劉耍和《りゅうさわ》の娘婿で、いうまでもなく楽戸であった。つまり「黄粱夢」は、二人の士大夫と二人の楽戸が対等の立場で合作した作品だったことになる。馬致遠と李時中に差別意識があればこういうことは起こりえなかったであろう。こうして、妓女などの芸能を担う人々と密接な関わりを持つ人々が、芸能の世界で用いられる言葉である白話を用い、芸能の語り口で生み出したのが、「借馬」「不伏老」のような全く新しい表現と内容を持つ散曲だったのである。

南宋滅亡後、曲制作の主舞台は杭州に移るとされる。このようにいわれるのは、『録鬼簿』の南宋滅亡以降に該当する部分の作家の大部分を杭州及び周辺地域在住の人物が占めているためである。もしかするとこれは、杭州に住んでいた『録鬼簿』の著者鍾嗣成が、同時代人については自分の周辺の人物だけを記録したためかもしれない。この時期の雑劇は杭州周辺在住者の作とされるものが多いが、元来雑劇に作者名が記してあることはほとんどないため、現存する雑劇の作者は基本的に明代になってから『録鬼簿』に基づいて比定されたものであり、実は現存する作品は、この時代の北方の作家が書いた同名の雑劇で、鍾嗣成はその存在を知らなかったため記録しなかっただけである可能性もないとはいえない。しかし、現存するこの時期の散曲作品の作者の大部分が『録鬼簿』と合致する点から考えると、ある程度実態を反映している可能性が高いであろう。北方音に適合するがゆえに用いられた曲が、なぜ南方の杭州でも広く作られたのであろうか。

実は、杭州においても支配層はモンゴル人・色目人を含む北来の人々を主としていたのである。元が南宋を滅ぼした以上、北方の官僚や軍人が大挙して南宋の首都杭州に進駐してくるのは当然であろう。そして、曲は妓女などの芸能者が唱うものであり、彼らは権力者に奉仕することを第一の義務としていた。杭州における権力者が北からやってきた官僚・軍人である以上、そこで唱われるのは北曲にならざるをえなかったのである。そうなると、南宋の間は詞を作っていた知識人たちも、新たな権力者に近づくためには慣れない曲を作らざるをえない。当然のことながら、南方人は北方の音韻には疎いので、北方人のように自然に北曲を作ることはできない。そこで周徳清『中原音韻』のような、南方人の北曲作成のために北方の音韻体系を示す書物も必要になったのである。一方で、白居易や蘇《そ》軾《しょく》が讃えるあこがれの地でありながら、敵国の首都であるため杭州を訪れる術もなかった北方の知識人たちが、大挙してやってくることになる。こうして杭州において、北方がイニシアティブを取る形で、南北の文化が融合することになる。

この時期を代表する散曲作家である張可《ちょうか》久《きゅう》（号は小山《しょうざん》）が杭州の南に当たる慶元《けいげん》（現在の寧波《ねいは》）の出

身であることは、その意味で象徴的といえよう。張可久の作品は小令八百五十五、套数五に及ぶが、その大半は詞の延長線上にあるものである。【清江引】「春思」をあげてみよう。

【清江引】黄鶯乱啼門外柳。雨細清明後。能消幾日春、又是相思瘦。梨花小窓人病酒。

【清江引】鶯が戸の外の柳で乱れ鳴く、こぬか雨降る清明の後。何日か春を過ごしてはみたものの、また恋ゆえに痩せてしもうた。梨の花咲く小窓のもと人は二日酔い。

張可久は胥吏身分であって、「名公」といえる地位にはなかった。これは、高級知識人以外の人々にまで詩詞を作り、刊行する動きが広まっていた南宋の状況の延長として理解すべき事実であろう。元に入っても「月泉吟社《げっせんぎんしゃ》」が出版社とタイアップした詩のコンクールを催し、多くの人々が応募するという事例が残されており、元による南宋征服が比較的穏やかなものだったこともあって、南宋において培われた文化的土壌は大きくは変化していなかったものと思われる。ただ、創作の対象は詞から曲に変わる。これは前述したように、妓女たちが奉仕する対象、更にいえば曲の作者たちが接近を求める対象が北来の人々であったことの当然の帰結であった。

こうして曲が南北を通じて知識人の表現の具となると、そこから新たな動きが生じてくる。白話と襯字を大量に用いることが容認されている曲は、詞よりはるかに具体的な叙述を行う能力を持つ。白話の使用は、更に詩では表現しえない庶民生活の具体的叙述を可能にする。そこから、そうした叙述により、社会の悪を告発する曲が出現するのである。劉時《りゅうじ》中《ちゅう》の「上高監司（粛《しゅく》政廉訪使《せいれんぼうし》の高さまにたてまつる）」と題する二つの【端正好】に始まる套数はその顕著な事例である。曲牌数にして一つは十五、もう一つは三十四に及ぶ大作だが、その一斑なりとも示すため、前者から餓《う》えた民の苦しみを訴える【倘秀才】をあげよう。

【倘秀才】或是捶麻柘稠調豆漿。或是煮麦麩稀和細糠。他毎早合掌擎拳謝上蒼。一箇箇黄如経紙、一箇箇痩似豺狼。塡街臥巷。

【倘秀才】麻を叩いて出した汁で豆乳もどきをこしらえたり、ふすまをこねて細切り飴もどきにしたり、あの人たちはそれでも手を合わせ拳を上げてお天道様に感謝しております。一人一人がお経の紙みたいな黄色い肌、一人一人が豺狼《さいろう》より痩せて、街路を埋め路地に寝そべっております。

この後には、本来耕作や養蚕に欠かせないはずの牛や桑まで食べてしまうこと、ついには乳飲み子を川の中に投げ捨てるに至ることがうたわれる。餓えた人々がどのようにして代用食を作るか、その果てにいかなる行為に追い込まれていくかをここまで具体的にうたった事例はいうまでもなくこれ以前にはない。白話の運用がこれを可能にしたのである。

こうした社会的問題をうたうことは、もとより白居易以来の詩における社会詩の伝統の上に立ったものであり、曲が知識人の表現手段、更には社会的アピールの具として確立していたことを示すものではあるが、実はこのように社会の諸相を描くことは、演劇ではより早い時期から行われていた。次に演劇の世界に目を転じてみよう。

◈雑劇（一）　その形式と特徴──「救風塵」を例に

元雑劇は中国演劇の最高峰といわれる。もとより中国においてこれ以前の時代に演劇がなかったはずもなく、南宋については周密《しゅうみつ》『武林旧事《ぶりんきゅうじ》』巻十上、金については陶宗儀《とうそうぎ》『輟耕録《てっこうろく》』巻二十五「院本名目」に大量の演劇の題名が列挙されている。しかし、その脚本が残っているものは一つとしてない。演劇を含む芸能は、元来目で見、耳で聴くものであって、文字の形で読むものではない以上、それは当然のことであろう。事実、今日でも映画やテレビドラマのシナリオを刊行し、それを読むというのは、一般的とはいいがたい。

当然ながら、ここで二つの重要な問題が浮上することになる。第一は、なぜこの時期に突然すぐれた演劇が出現しえたのか。そして第二は、なぜそれが文字の形で記録され、刊行されて、後世に残るに至ったのかである。いかにすぐれた演劇作品であろうと、文字の形で残らなければ一過性のものに終わってしまい、後世まで文学作品として残ることはありえない。それまで文字化されることがなかったものが文字になるには、何らかのきっかけが必要であろう。

これらの問題について考える前に、まず元雑劇の形式について述べておこう。元代に始まる雑劇は、かなり特殊な形態を持つ演劇である。

中国の古典演劇は原則としてすべて歌劇である。ただし、西洋のオペラとは異なり、唱われるのは曲牌に定められた音楽である。従って、オペラの場合、作者としてあげられるのがモーツァルトやヴェルディのような作曲者であるのに対し、中国演劇においては作者は歌詞を書いた人物を指す。これは特殊なように見えるかもしれないが、作曲家が表面化してくるのはルネサンス以降のヨーロッパにおいてであり、それ以前はほとんどの地域において、うたは既存のメロディに新たな歌詞をつけるという形で作られる方が一般的であった。

雑劇の特徴は、歌唱者が一人しかいないことである。厳密にいえば、北曲を唱うのは一人だけである。男性なら正末《せいまつ》（こういった役柄を示す名称を「脚色《きゃくしょく》」と呼ぶ）、女性なら正旦《せいたん》と呼ばれる主役だけが曲を唱い、それ以外の登場人物はセリフ（「白《はく》」と呼ぶ）を語るのみである（北曲以外のうたを唱うことはある。また稀に道化役などが套数に含まれないうたを唱うことがある）。非常に特殊に見えるこの形式は、雑劇が語り物から発生したことを物語るものであろう。一人が語り唱う形の芸能に、対話の相手を設定すれば、そこに演劇が生まれる。ギリシア悲劇などもそうした形で発展したといわれており、雑劇もおそらく同様の過程をたどって生まれたものと思われる。正末・正旦以外には、道化役の浄やその他の脇役に当たる「外《がい》」などの脚色があり、正末もしくは正旦は唱うとともに、それら他の役者と会話することにより物語を進める。

一つの雑劇は四折からなり（「折」という概念については、時期により変化があったようだが、ここでは単純化して述べておく）、一つの折は一つの套数からなる。ただ、一つの套数が唱われる途中で場面が転換することはめったにないので、実質的には一折は一幕に当たると考えても大きな問題はない。つまり、雑劇は四幕構成を原則とすることになる。明代以降盛んになる南曲を用いる演劇は、二十幕から五十幕に及ぶのが普通であり、それに比べれば雑劇は非常に短いといってよい。つまり冗長ではなく、緊張感に富んだ劇的展開を特徴とすることになる。

雑劇の実態を知るために、関漢卿の代表作「救風塵《きゅうふうじん》」を見てみよう。元雑劇に限らず、演劇は上演の都度改変が加えられるのが常であり、テキストごとに本文はかなり異なる。ここでは比較的原型に近いと思われる古名家本というテキストを使用して紹介したい。

「救風塵」は略称で、正式には「趙盼児《ちょうへんじ》風月《ふうげつ》救風塵」という。「趙盼児」はヒロインの名、「風月」は色恋、「風塵」は塵に落ちた者、つまり苦界に身を沈めた妓女、全体の意味は「趙盼児色仕掛けにて苦界に落ちた者を救う」となる。

第一折の最初に登場するのは周舎《しゅうしゃ》、明記されていないが道化役と推定される。「舎」は「舎人《しゃじん》」の略で若様ということ。官僚のボンボンである彼は、妓女宋引章《そういんしょう》を身請けしようと思っていると語って退場する。誰もいないところで一人でしゃべるのは不自然に感じられるかもしれないが、ここで元雑劇の舞台構造を知っておく必要がある。

元雑劇に限らず、中国古典演劇は原則として開放舞台で上演される。開放舞台とは、通常三方を観客に囲まれた舞台である。能舞台は、観客がいるのが二方ではあるが、その典型といって

舞台の実例

『金瓶梅』（崇禎本）第六十三回　富豪の家での上演風景。観客は三方から見る。

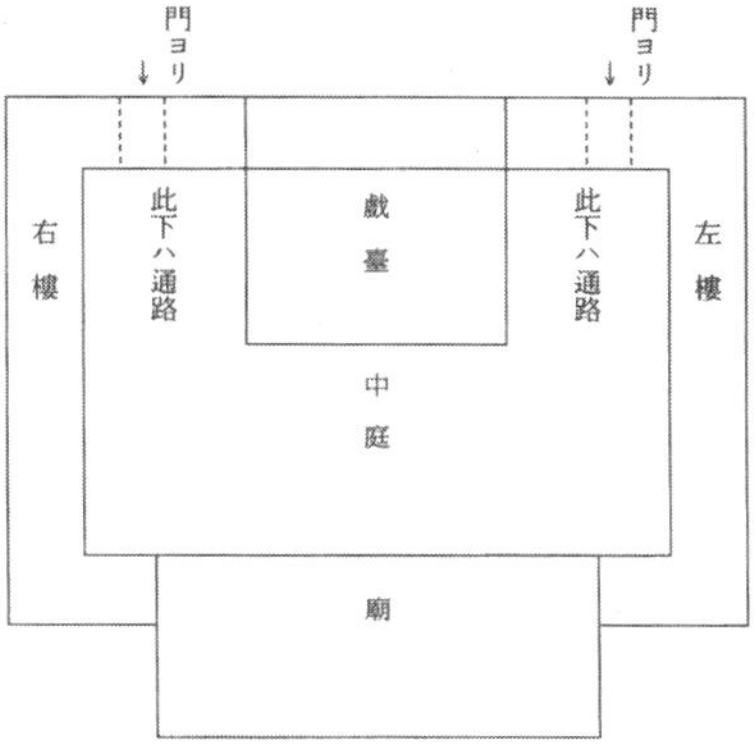

寧波城隍戲臺（青木正児『支那近世戲曲史』第十五章〔『青木正児全集』第三巻〕より転載）

山西広勝寺水神廟の元雑劇上演風景壁画（『中国大百科全書　戯曲曲芸』による）

蘇州全晉會館（現演劇博物館）（著者撮影）

よい。当然幕は使用せず、舞台装置も机と椅子程度の簡略なもののみで、背景なども原則として用いない。場面転換は役者の登退場と、それに伴うセリフのみによってなされる。従って、自由自在に場所や時間を移動することが可能である。同じ開放舞台を使用していたシェークスピアの作品などを思い浮かべれば、そのことは容易に理解できるであろう。

開放舞台においては、一般的に役者は周囲を取り巻く観客に直接話しかけることが許容される。やはりシェークスピアの作品において傍白・独白が多く見られることは、そのあらわれであろう。つまり、周舎がいきなり出てきて自分は周舎だと名乗り、事情を語るのは、観客に向かって話しているのであって、特に不自然な行為ではないことになる。

続いて宋引章とその母が登場したところに（舞台は宋引章の家になる）、再び現れた周舎が身請けの話を持ちかけ、話がまとまって一同退場。続いて宋引章の愛人だった貧乏知識人の安秀実《あんしゅうじつ》が登場して、宋引章を止めるため、彼女と姉妹の契りを交わした趙盼児に助けてもらおうと言って呼ぶところに、ようやく正旦趙盼児の登場となる。事情を聞いた趙盼児は唱う。

【点絳唇】妓女追陪。覓銭一世臨収計。怎做的百縦千随。知重喒風流婿。

【混江龍】我想這姻縁匹配。少一時一刻強難為。如何可意。怎的相知。怕不便脚搭着脳杓成事早、久以後手拍着胸脯悔時遲。尋前程、覓下稍、恰便似黒海也似難尋覓。人心料的、不問天理何為。

【点絳唇】妓女はへつらって、一生銭金求めた末に決算となりゃ、何でも言いなりになって、粋な婿殿ご大切になんてできるもんか。

【混江龍】考えてみりゃ男と女の結びつき、ほんの一時ずれたって無理にまとめられやしないもの。どうやったら気に入るか、どうやって知り合うか、かかとが頭の後ろにぶつかるぐらい駆けずり回って早くまとめようとするけれど、ずっと後になって胸を叩いて後悔したってもう遅い。この先のこと探って、行く末を求めても、まるで黒い海みたいに探し当てられやしない。人の心は計れもしようが、お天道様のことを考えずにどうするの。

いきなり唱われるのは妓女の本音である。「妓女は男にへつらって金儲けするもの」、つまり男との色恋沙汰は生計の手段にすぎないと喝破する。思えば詞は閨怨、つまり恋人の不在を嘆く美女が基本テーマであった。そしてその美女は、原則として妓女である。つまり詞においてうたわれていたのは、恋人である客を本心から恋しがる妓女の姿であり、そこに描かれていたのは男にとって都合のいい女性像であった。もとより詞を唱うのが妓女であった以上、それは男に幻想を抱かせて妓楼に誘い込み、搾り取るための手段であったことはいうまでもない。とはいえ、これまでついぞ妓女が主体的に描かれたことはなかったといってよかろう。しかしここで趙盼児は実にドライに妓女が男の相手をするのは金のためと言い切る。その上で、なおも妓女が幸福を追求しようとすることへと話題は移っていく。続きを見よう。

【油葫蘆】姻縁薄全憑我共你。誰不待揀一箇聡俊的。他毎都揀来揀去転一回。待嫁一箇老実的又怕尽世兒難相配。待嫁一箇聡俊的又怕半路里相抛棄。遮莫向狗溺処蔵、遮莫向牛屎里堆。忽地便喫了一箇合撲地。那時即睜着眼怨他誰。

【天下楽】我想這先嫁人一般女伴毎。折倒的容儀。痩似鬼。受了些難分説難告訴閑気息。我看了尋前程俊女娘、我判了這幾日。我一世没男兒来直甚頽。

【油葫蘆】男女の結びつきは全部私とあなたで決めるもの、誰でも粋なお人に嫁ぎたいさね。あの人たちはみんな選びに選んで一回り、真面目なお人に嫁ごうとすりゃ一生連れ添えやしないんじゃないかと心配だし、粋なお人に嫁ごうとすりゃ中途で投げ捨てられるのが心配なもの。犬のションベンの中に収まるか、牛のうんこの中に積まれるか、突然ばったり倒れる目にあって、その時目を見開いて誰を恨みゃいいっていうの。

【天下楽】思えば先に嫁いだあたし同様の仲間たち、姿もやつれて、幽霊よりも痩せちまって、言い訳もならず訴えもならないやり場のない腹立ち抱え込んじまってる。将来のこと考えた粋な女衆見て、何日かじっくり考えてみたけれど、あたしゃ一生男抜きでも何にもくそったれなことなんかありゃしないわ。

「老実」、つまり真面目な男と一緒になれば、粋好みの妓女はじきに飽きが来てしまうが、「聡後」、つまり粋な男は、魅力的だが浮気者ゆえいずれは捨てられる。それに続く、捨てられたら犬の小便、牛の糞行きだという比喩は壮絶である。こんな下品な言葉が文字にされること自体ほとんどなかったであろうが、それが美女によって唱われるとなると前代未聞といってよかろう。これはユーモラスな言い回しではあるが、その中には絶望的な悲しみが秘められていることを見逃してはなるまい。ここではお笑いが悲しみを表現する手段と化しているのである。そしてその果てに、嫁いだ女たちはやつれてしまう。良家の妻らしく振る舞おうとしても地金が出るし、周りもそういう目で見るからである。結びの「頹」は男性器のことで罵語。「直甚頹」とは「何の『頹』なことがあろう」、つまりそれで構わないと非常に下品な言い方で述べたことになる。

この部分を見ただけでも、内容・語彙・表現ともに、かつて例のない全く新しいものであることは明らかであろう。男の相手をするのは商売ゆえという本音を、非常に下品な言葉をまじえた白話語彙により、緩急自在に表現する。しかも、更に世間並みの幸福を追求する妓女たちが、身勝手な男どものために絶望的運命をたどることまでが、暗いユーモアをまじえつつ唱われるのである。

趙盼児は宋引章に意見するが、安秀実より周舎の方が男前だし、金があるしと言って、宋引章は聞く耳を持たない。趙盼児は「後で泣きついても知らないわよ」と突き放す。

続く第二折では、案の定周舎が宋引章に家庭内暴力を働くことを演じる喜劇的な一幕があった後、しらせを受けた宋引章の母が趙盼児に泣きつきに来る。ここで注意されるのは宋引章の母のキャラクターである。唐代伝奇「李娃伝《りあでん》」以来、妓女の母は「鴇母《ほうぼ》」と呼ばれる強欲な取り持ち婆と相場が決まっている。詞における男に従順な妓女以外のもう一つの妓女のイメージは、強欲な母の手先になって男を欺く悪女というものであった。ところが宋引章の母は丸きりだらしがなく、どうしていいかわからずに趙盼児を頼ってくる。ここでも類型的なイメージを打破して実態を描こうとする姿勢が見える。頼られた趙盼児は、「だから言ったじゃないの」と言いつつ、姉妹の仲を捨ててはおけぬと出馬を決意する。

第三折はクライマックスになる。趙盼児は幇間《ほうかん》一人を供に、羊と酒と紅い布を用意して周舎のもとに向かう。宋引章との結婚を邪魔したなと怒る周舎に向かって、邪魔したのはあんたにほれてたからなのよと言葉巧みにたらしこみ、たちまちやに下がる周舎に、自分と一緒になりたかったら宋引章を離縁しろと迫る。周舎に求められるとすぐに誓いを立て、結納の定めの品である羊・酒・紅い布もこちらで用意したからと言って信用させた上で、周舎が書いた離縁状を手にするや、宋引章を連れて逃げ出す。これが題名にうたう「風月救風塵」のくだりとなる。

最後の第四折を見よう。だまされたことに気づいた周舎が追いかけてきて、宋引章から離縁状を奪い取ると食べてしまい、趙盼児に向かって「おまえもおれの女房だ」と言い出す。「おまえ、おれの結納受け取っただろう」と言う周舎に対して、趙盼児は「あれはみんなあたしが用意したもの、あんたのじゃないわ」と言い放って唱う。

【喬牌児】酒和羊車上物。大紅羅自将去。你一心淫濫無是処。要将人白頼取。

（周舎云）你説了誓嫁我来。（正旦唱）

【慶東原】俺須是、売空虚。憑着那説来了言呪誓為活路。怕你不信呵走遍花街請妓女。道死了全家誓説道無重数。論報応全無。若依着呪盟言、死的来滅門戸。

（正旦云）引章妹子、你跟将他去。（外旦怕科云）姐姐、跟了他去就是死。（正旦唱）

【落梅風】則為你無重数。恰模糊。（周舎云）休書已毀了、你不跟我去待怎生。（外旦怕科）（正旦云）妹子休莫怕、咬碎的是假休書。（唱）我特故抄与你箇休書題目。我跟前見放着你親模。（周舎奪休書科）（正旦唱）便有九頭牛也拽不出去。

【喬牌児】酒と羊は車に載せてたもの、紅い薄絹は自分で持ってきたもの。あんたは淫乱一途のいいとこなし、人をただでだまし取ろう魂胆かい。

（周舎）おまえ、おれと結婚するって誓ったじゃないか。（趙盼児唱う）

【慶東原】あたしたちはね、そら言が売り物のはずでしょう。これまで言ってきた誓いの言葉頼りに生きていってるのさ。信じられないってんなら花街中歩き回って芸者衆に聞いてみな。一家全滅してもいいって誓いを立てたこと数知れずだけど、応報なんぞからっきしって言うだろさ。もし誓いの言葉の通りになってたら、死んじまって芸者は全滅さ。

（趙盼児）引章ちゃん、あんたあの人についてお行き。（宋引章怖がるしぐさをして）ねえさん、あいつについて行ったら命がないわ。（趙盼児唱う）

【落梅風】あんたが数え切れないほど、本当にお馬鹿さんだったばっかりにねえ。（周舎）離縁状はだめにしちまったんだ、おれと一緒に行かんでどうする。（宋引章怖がるしぐさ）（趙盼児）いもうとや、怖がらなくてもいいよ。かみ砕いちまったのは偽の離縁状さ。（唱う）あたしがわざわざあんたに書いといてやった離縁状の題目、あたしの前に現にあんたの指印があるんだよ。（周舎離縁状を奪おうとするしぐさ）（趙盼児唱う）たとえ九頭の牛にだって引き出させやしないわさ。

実は周舎が来る前に、趙盼児は離縁状を確認すると称して偽物とすり替えておいたのであった。ここで趙盼児は、妓女が男をだますのはそれが生きていくための道なんだと宣言する。さきに述べたように、過去においては男を欺く妓女は悪女とされていた。しかしここでは妓女の立場に視点を置くことにより、男を欺くのは妓女が職業上行う正当な行為とされ、むしろ周舎のような男が妓女たちを嘘をつかねばならない立場へと追いやってきたことが示される。従来なら男を手玉に取る悪女とされたであろう趙盼児は、仲間を守って悪い男を懲らしめる正義の体現者となる。ここに従来の価値は反転する。

これで終わればいいようなものだが、周舎は「お上《かみ》ってものがあらあ」と二人を引っぱって知州のところに行く。ところが知州は、趙盼児の「宋引章にはもともと安秀実という夫がいた」という嘘を真に受けて、周舎は棒打ち、宋引章は安秀実と結婚と裁きを下す。高官の裁きで結ぶのは雑劇に一般的なパターンで、デウス・エクス・マキーナ（ギリシア悲劇の最後に登場する機械仕掛けの神）に当たるのが官僚だというのは、ある意味非常に中国的といえるかもしれない。

◈雑劇（二）その内容

「漢宮秋」雑劇（元曲選本）　王昭君を夢に見る元帝

以上の紹介で、元雑劇のパターンと特徴はある程度ご理解いただけたものと思う。無論、すべての元雑劇が「救風塵」のような先鋭的な内容を持つわけではない。陳腐な恋愛物や類型的な神仙物語も多い。ただ、元雑劇を総体として見ると、そこで主役をつとめるのは、上は皇帝から下は物乞いまで、女真人などの非漢民族も含めて、老若男女あらゆる階層に及ぶ。馬致遠の作品を例に取れば、王昭君《おうしょうくん》の物語を演じる「漢宮秋《かんきゅうしゅう》」においては漢の元帝、「薦福碑《せんぷくひ》」においては貧乏知識人、「青衫泪《せいさんるい》」においては妓女、「任風子《じんふうし》」においては肉屋が主唱者となり、それぞれの身分にふさわしい語彙によって曲を唱う。「漢宮秋」（古名家本）第四折、元帝が王昭君を思いつつ雁の声を聴いて綿々と唱うたからあげよう。

【尭民歌】呀呀的飛過蓼花燈。孤雁児不離了帝王城。画簷間鉄馬響丁丁。宝殿上君王冷清清。寒更寒更蕭蕭落葉声。燭暗長門静。

【尭民歌】アーアー鳴きつつ蓼《たで》の花にも似たともしびの上を通り、一人ぼっちの雁は帝王の城を離れようとせぬ。模様描いた軒の風鈴チンチン鳴る中、御殿の上にて君主は一人さびしく、寒く夜更ける中にさわさわと落ち葉の音、ともしびは暗く長門《ちょうもん》の宮は静か。

「蓼花燈」は見慣れぬ語だが（元曲選本では「蓼花汀」と常用の語に改めているが、宮殿の上を飛ぶ様を描いている以上、ともしびであるべきであろう。炎の姿が蓼の花に似るということか）、「孤雁」「画簷」「鉄馬（風鈴）」

「落葉」「長門（漢の宮殿の名。武帝に遠ざけられた陳皇后がいたという）」など、詩詞でなじみの語を用いて、歌唱者である皇帝にふさわしい古典的雰囲気をまとわせつつ、一方で「呀呀」「嚮丁丁」「冷清清」「蕭蕭」と擬音語・擬態語を多用して曲らしい表現をしている。次に「任風子」（元刊本）第一折から、肉屋の任風子が配下の者たちの飲み食いする様を見てのうたを引いてみよう。

「任風子」雑劇（元曲選本）　出家後に妻子を拒絶する任風子

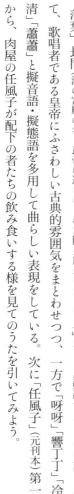

【油葫蘆】你顕那査手風咳人酒量浅。吃不得往外瀽。啄不了的牛肉把指頭塡。恰便似餓狼般搶入肥猪圏。便一似乞児閙了卑田院。吃得来眼又睜、気又喘。都是些猪皮腑狗奶子喬親眷。擺座満一円圏。

【油葫蘆】おまえは手が引きつっちまったみたいでヤレ酒量小さく、飲めなくて外にこぼしちまうが、食い切れない牛肉は指で押し込みおる。ちょうど餓えた狼が肥えた豚の小屋に突入したみたい、まるで物乞いが悲田院（貧民や物乞いの収容施設。差別意識ゆえに多く「卑田院」と表記された）で騒いでるようだ。飲み食いして目もむいて、息もゼーゼー、どいつもこいつもくそったれなふざけた身内連中が、丸くなって腰下ろす。

俗語を多用して（「猪皮腑狗奶子」は罵り言葉に違いないが、確かなところはわからない）、庶民の宴会の情景を生き生きと描き出している。二つの作品の相違は、馬致遠という作家が持つ表現の幅の広さを遺憾なく示すものである。

特に注目すべきは、「任風子」の主人公が肉屋であることであろう。肉屋は、制度的差別の対象にこそなっていなかったが、生命を損なう仕事の常として、社会からいわれない差別を受けていた。この雑劇は、神仙の素質を持つ者が無理矢理出家を迫られるという類型的神仙劇のパターンに沿うものではあるが、罪深い存在と見なされて差別を受ける者こそが救われるという内容を持つ点で深みのある宗教性を持つ。もとより、肉屋に自身の言葉で語らせる文学作品など、『荘子《そうじ》』における寓言を別にすれば、これ以前にはほとんど存在しなかった。しかもここでは社会の下層に属すると見なされてきた人々にふさわしい語彙と表現が用いられているのである。

　歴史劇も多いが、その主人公はたとえば『三国志《さんごくし》』の張飛《ちょうひ》や隋唐の尉遅敬徳《うつちけいとく》のように、大衆の共感を得やすい単純粗暴な人物であることが多い。尚仲賢《しょうちゅうけん》「三奪槊《さんだつさく》」（元刊本）第四折において、尉遅敬徳が仇敵斉王元吉《げんきつ》について唱ううたをあげよう。

【滾繡毬】我煞不待言。不近前。你也不分良善。又不是不知我抱虎眠。這厮不納賢。不可憐。不送俺一遍。交這厮落不的尸首完全。這厮不颭折脊梁也難消我這恨、把這厮不打砕天霊沙全報冤。全不交我忿気冲天。

【滾繡毬】わしはもの言いたくもなければ近づきたくもないが、あなた（元吉の兄李世民《りせいみん》）も善悪の区別がおわかりでない。わしが虎を抱いて寝る危うい身なのを知らぬわけでもあるまいに。こやつはすぐれた者を受け入れることも、憐れみかけることもなく、わしをひどい目にあわせおった。こやつめを首と胴つながらぬ目にあわせてくれよう。こやつの背骨叩き折らねばわが恨み晴れぬ、こやつの脳天打ち砕かねばわが仇は討てぬ。わが怒り天を衝かずにおらりょうか。

歴史書では行動のみが描かれる朴訥な武人の怒りが言葉を与えられている。

殺人事件や裁判を主題とするいわゆる公案物においては、前半においては多く殺人の被害者を正末として庶民の間で起こる事件を詳細に描き、後半では今度は正末は事件を捜査し裁く官僚(典型的には北宋の名奉行包拯《ほうじょう》)や胥吏に扮して、前半における殺害に報復するという形を取る。そこでは、従来法律文書以外では語られることのなかった庶民生活の細部が、曲の形式により生き生きと描き出されることになる。更に「悲《ひ》歓《かん》離《り》合《ごう》」と総称される庶民の家族が離散しまた巡り会うまでを描く一連の雑劇では、まさに庶民生活そのものがテーマとなって、社会のさまざまな様相を描き出す。鄭廷玉《ていていぎょく》「看銭奴《かんせんど》」(元刊本)第二折から、質屋を営む守銭奴に息子をだまし取られた流民の怒りを見よう。

【滾繡毬】典玉器有色沢你写没色沢。解金子赤顔色写着淡顔色。你常安排着九分厮頼。把雪花銀写做雑白。解時即将爛鈔抧。贖時好将料鈔擡。恨不的十両鈔先除了折銭三百。那里肯周急心重義疎財。今日孟嘗君緊把賢門閉、交你箇柳盗跖新将解庫開。又不是官差。

【滾繡毬】玉器を質入れすれば色つやあるのを色つやなしと書いて、金を質草にすれば赤い色を薄い色と書いておく。おまえはいつも九割方はインチキ並べて、雪のように白い銀を混じりけある白さと書きおる。質入れの時はボロ札選んで渡し(旧札は新札より価値が低かった)、請け出す時はピン札取り上げ、どうでも紙幣十両につき先に銭三百文分さっ引こうとしおる

（一両は銭千文に当たるが、紙幣は額面より大幅に価値が低い）。人助けの心で義を重んじて財を軽んじる気などさらさらありゃしない。今じゃ食客養う孟嘗君《もうしょうくん》どのは賢人招く門戸きっちり閉ざしちまって、大泥棒の柳盗跖《りゅうとうせき》めに質屋を新装開店させおって、お上の仰せこうむっているわけでもあるまいに。

極めて具体的に、質屋が貧乏人からふんだくる手口が描かれる。「看銭奴」は徹頭徹尾喜劇である。流民周栄祖《しゅうえいそ》は、息子をだまし取られて、負け犬の遠吠えよろしく、相手の家の前に何度も戻ってきては悪口雑言ぶちまける。その姿は滑稽であり、おそらく観客は笑いながらその場面を見たことであろう。しかし、そこには当時の社会矛盾と、そこから生じる悲劇が描かれている。ここでの笑いは涙の上に成り立っているのである。それは観客の心を打つことになったに違いない。高級知識人劉時中の手になるさきに見た散曲「上高監司」は、こうした演劇・芸能における社会矛盾の告発から生まれたのである。

ここで最初にあげた疑問が改めて浮かび上がってくる。なぜかつて文字化されたことのない演劇テキストが、しかもかくも非知識人の立場を代弁する過激な内容を持つものが、文字化されえたのであろうか。この問いに答えるためには、刊行されたテキストの性格を検討せねばならない。

◈雑劇（三）　雑劇テキスト刊行の要因

元代に刊行された雑劇テキストは三十篇残されている（一部は明初のものかもしれない）。当時漢字文化圏以外では印刷技術自体知られていなかった以上、これは世界最古の演劇テキストの刊行物ということになる。なぜこのような前例のない書物が出版されえたのであろうか。その答はテキストの形態にある。例として関漢卿の三国志もの雑劇「単刀会《たんとうかい》」の最初の部分の訳文をあげよう。

（駕《が》〔帝のこと。ここでは孫権《そんけん》〕の一行が登場。詩を唱える）（外末〔魯粛《ろしゅく》〕が登場。上奏する）（駕が言う）（外末が言う）（正末が喬国老《きょうこくろう》に扮して登場）（外末が言う）（考えて言う）今日天下三分もはや定まったからには、戦火引き起こして、また民を苦しめはせぬかと気遣われる。おぬしら宰相たちも天子様を諫めねばならぬぞ。（通ってあいさつする）（駕が言う）（言う）陛下万歳万歳。私めの愚見によりますれば、かの荊州《けいしゅう》取ることはなりませぬ。（駕がまた言う）（言う）行ってはなりませぬ、行ってはなりませぬ。（唱う）【点絳唇】……

異様なテキストなのは一見して明らかであろう。記されているセリフは正末である喬国老のもののみで、その他の孫権・魯粛らについてはト書きのみしかない。なぜこのような不思議な形態を取っているのであろうか。

その答は近代以前における上演用台本のありように求められる。中国に限らず、一般的に近代以前においては、上演時に使用する脚本は役者ごとにそれぞれのセリフだけを記したものを用意し、みなで読み合わせるのが一般的であった。このテキストに正末のセリフだけが記録され、その他の役者については動きしか記されていないのは、これが正末のための上演用台本であることを示すものであろう。すると、なぜそのような不完全なテキストが刊行されたのかが問題にな

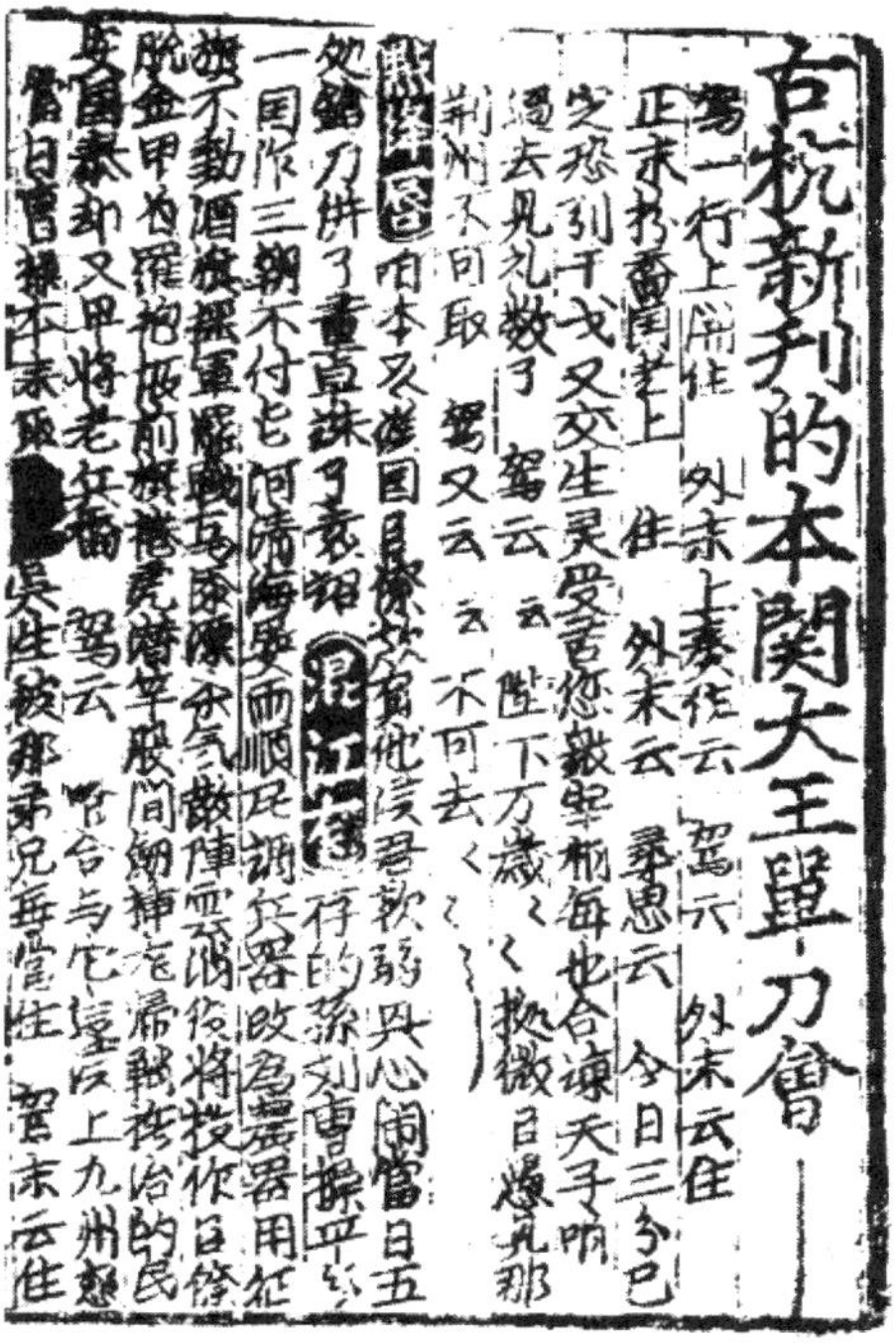

「単刀会」雑劇（元刊本）

る。

ここで想起すべきは、これが全く前例のない刊行物だという事実である。戯曲というものが出版された例は、世界でこれ以前にはない。当然ノウハウも存在しない。従って、とりあえず最も出版目的に適合する既存のテキストを、特に考えずそのまま刊行したのであろう。では出版目的とは何なのか。

それを解き明かす鍵となるのが、三十篇の元刊雑劇の中に三篇（「趙氏孤児《ちょうしこじ》」「西蜀夢《せいしょくむ》」「楚昭王《そしょうおう》」）、セリフやト書きが一切ないものが含まれていることである。これは、想定されていた読者の興味が、演劇や物語ではなく、曲辞《きょくじ》（唱われる曲の本文）にあったことを示すものであろう。元雑劇においては、曲を唱うのは主役である正末・正旦一人である。従って、正末・正旦用の上演用台本はすべての曲辞を記録していることになる。刊行者は、すべての曲辞が記録されているテキストを求めて正末・正旦用の台本に行き着き、あまり深く考えずにそれをそのまま刊行したのではないか。やがて、考えてみれば曲辞以外の部分は不要であることに気づいて、セリフやト書きをすべて削除したテキストを刊行するに至ったのではないか。

ではなぜ曲辞だけに需要があったのか。曲がなぜ知識人によって作られるようになったかを考えれば、その答は明らかであろう。曲は詞の代用品として知識人に受け入れられ、一流知識人によって散曲が作られるようになった。当然のことながら、宋代に詞の選集が刊行されたように、元代には『太平楽府《たいへいがふ》』『陽春白雪《ようしゅんはくせつ》』（ともに楊朝英《ようちょうえい》編）をはじめとする散曲集がいくつも刊行されている。すると、たとえば散曲の大家である馬致遠の手になる雑劇の曲辞も読みたいという需要があると出版社が考えるのは当然の流れであろう。元刊雑劇は、そうした曲辞を読みたい読者を想定して刊行されたのではないか。明代に入って刊行される『盛世新声《せいせいしんせい》』『詞林摘艶《しりんてきえん》』『雍熙楽府《ようきがふ》』といった曲選において、雑劇の曲辞が套数単位でばらばらにされて、散曲と同じように収録されて

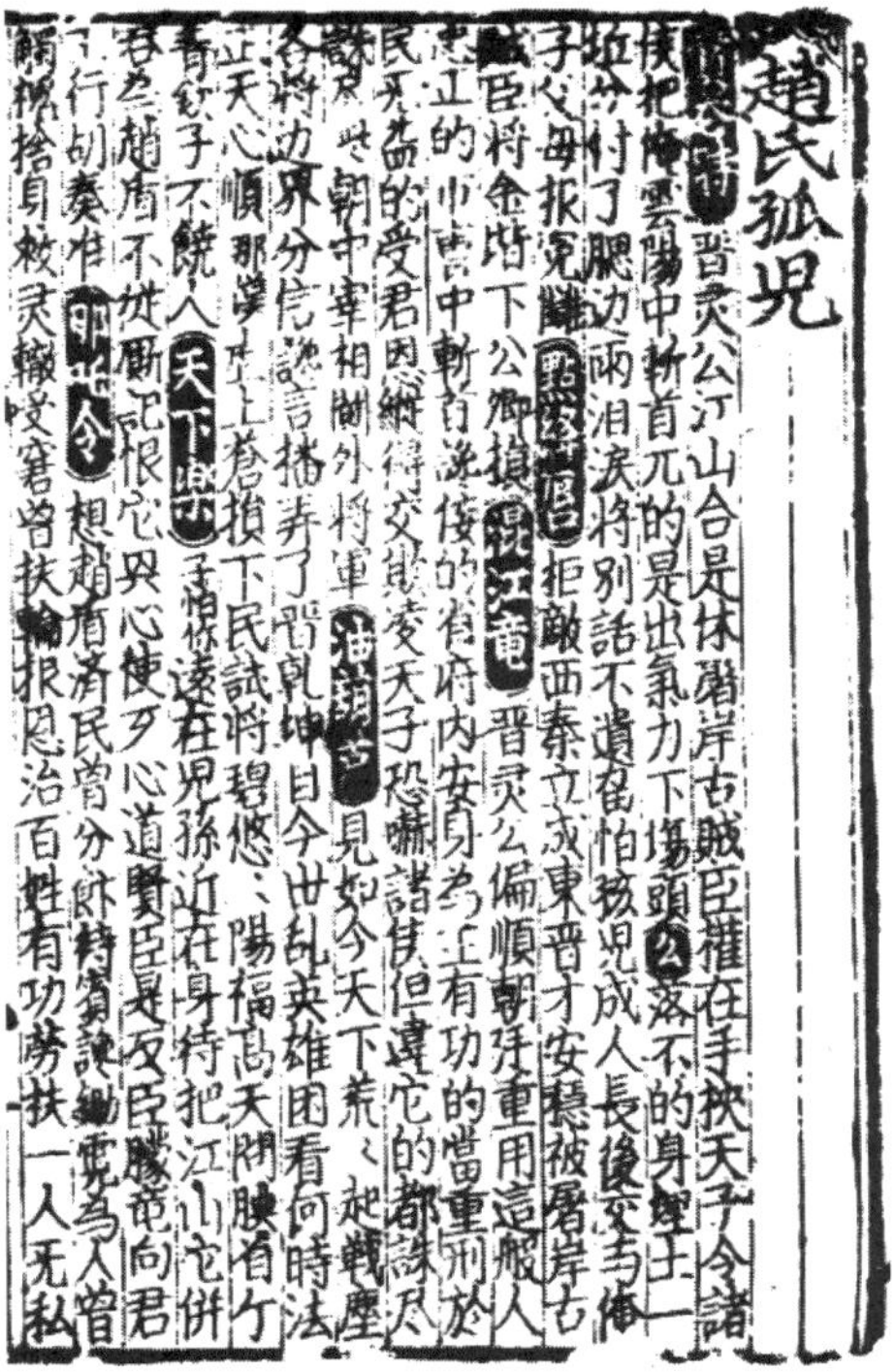

「趙氏孤兒」雑劇（元刊本）　曲辞のみの事例

いることは、こうした雑劇曲辞の受容のしかたが一般的であったことを物語っていよう。ただ、美しい版面を持つ『陽春白雪』などとは異なり、元刊雑劇は全体に誤字・あて字・略字が多く、刊刻の状態もよくない劣悪な刊行物である。このことは、演劇作品に手を出すのはやはり高級な書籍を出すような出版社ではなかったことを物語っているようである。

つまり元刊雑劇は、演劇テキストとしてではなく、曲辞を読むために刊行されたものであった。ただ、その中に例外もあることは注意される。

元刊雑劇の中に、他とは形式を大きく異にするグループが存在する。「范張鶏黍《はんちょうけいしょ》」「鉄拐李《てっかいり》」「替《たい》殺妻《さっさい》」「焚児救母《ふんじきゅうぼ》」の四篇である。他が半葉（一ページに該当）十四もしくは十五行であるのに対し、この四篇は十行しかない。そして、特に「鉄拐李」「焚児救母」の二篇は、正末以外のセリフを多数収録しているのである。

行数が少ないということは、字が大きいことを意味する。今日において字が大きい本は、弱視者や老人向けを別にすれば、一般的に子供向けであろう。つまり、字が大きいということは、教養が高くない読者にも受け入れられやすいことを意味する。そして、正末以外のセリフが収録されているということは、これらのテキストを物語として受容することが可能であることを示唆する。しかも、「范張鶏黍」を除く三篇についていえば、「鉄拐李」は胥吏の実態を具体的に描き、残る二篇は肉屋を主人公として、白い目で見られる彼らの方が、実は他よりすぐれた人間性を持つことを描いていて、曲辞も非常に白話的、つまり高級知識人以外の人々が読みやすく共感しやすい内容を持つ。この事実は、これら四篇（知識人向けの作品である「范張鶏黍」については、当時非常な人気作であったらしいことを考えるべきであろう）が読み物として刊行された可能性を想定させるものである。

小説と戯曲を別ジャンルと考えるのは今日的な発想であり、当時はおそらく白話で書かれた

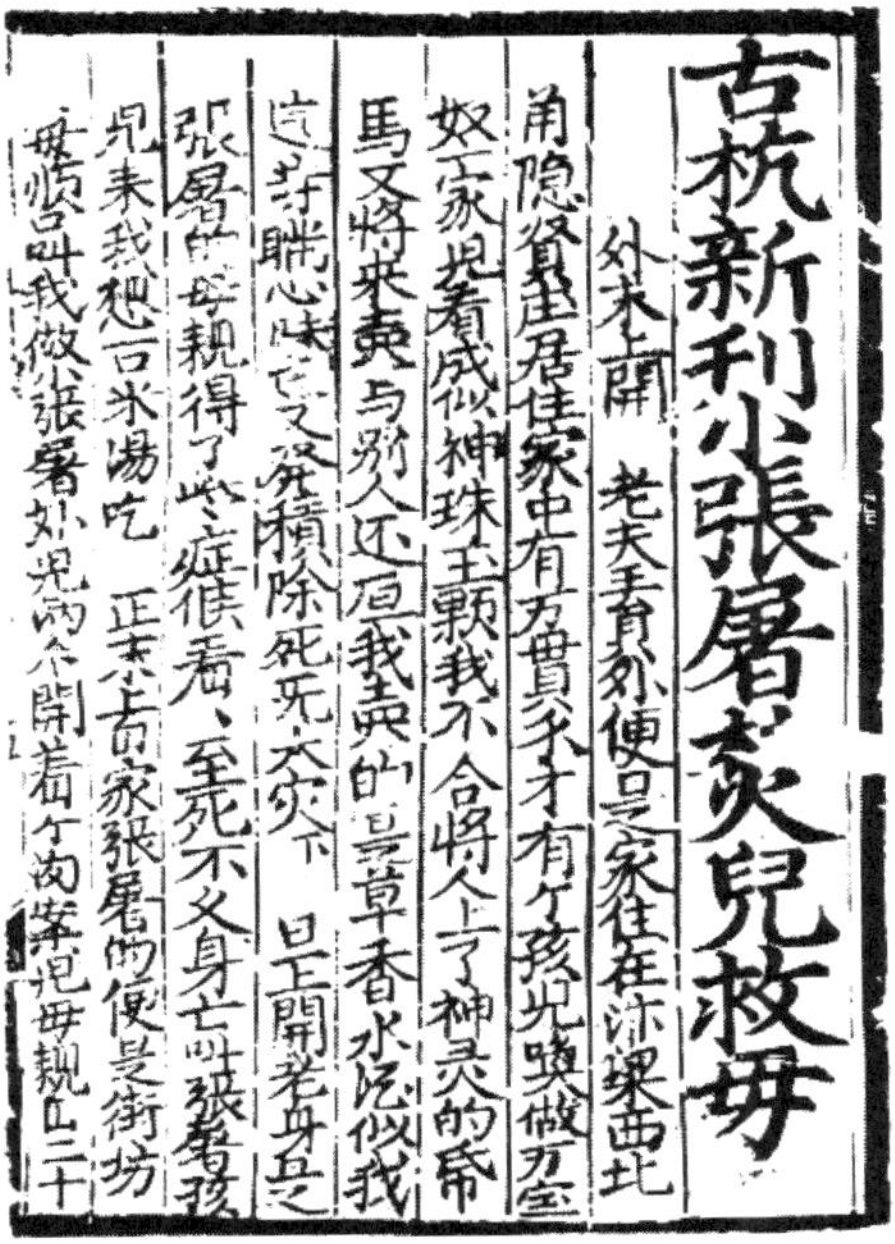
古杭新刊小張屠焚兒救母
外末上開　老夫張員外便是家住在汴梁西北
角隱貧基居住家中有万貫家才有个孩兒喚做万宝
奴家兒看成似神珠玉顆我不合將人上了神灵的希
馬又將來與与別人还□我與的是草香水泥似我
這村將心□下又發積除死死大災下　旦上開老身是
張屠的母親得了些症候看、至死不久身亡叫張屠孩
兒來我想口米湯吃　正末上云家張屠的便是街坊
每□口叫我做小張屠妳兒兩个開着个肉案兒母親□二十

「焚児救母」雑劇（元刊本）　正末以外のセリフがある大字本の事例。最初にあるのは外末（脇役）のセリフ。

読み物という意識しかなかった可能性が高いであろう。実際、第二部第四章で述べるように、明代に刊行された短篇白話小説と総括される作品の中には、いくつも語り物由来のテキストが含まれており、また元・明の文言小説は、多数の詩詞を織り込んだ歌物語ともいうべき詩詞を読ませることを目的とするものが主流であった。つまり、演劇テキストも韻文を多く含む読み物として受容されうるのである。この方向は、明代に入って進展していくことになる。

元刊雑劇は、元代後期に杭州で刊行されている。雑劇が文字テキスト化する背景には、耳で聞けば問題なく理解し、唱うことが可能だった北方人とは異なり、南方では文字化したテキストが要求されるという事情が存在した可能性が高い。それは、前述したように、杭州において南北文化が融合した結果であった。南北融合の場からはもう一つ、重要な刊行物が生まれることになる。白話小説の元祖ともいうべき「全相平話《ぜんしょうへいわ》」シリーズである。

四――元の文学（二）　白話小説の誕生――「全相平話」

「全相平話」は中国の歴史を題材とするシリーズである。今日の目から見れば、これらは歴史小説ということになろう。しかもその文体は多く白話を使用しており、最古の白話小説刊本ということになる。更にいえば、元刊雑劇の場合同様、印刷術がまだ西方では行われていなかったことを考えれば、世界最古の俗語による小説刊本といってもよいかもしれない。

では、なぜこのような前例のない書物が刊行されたのか。ここでももう一度それが問われねばならない。そもそも「全相平話」は「小説」だったのか。まず内容を見てみよう。

現存する「全相平話」は五篇、いずれも東京の国立公文書館内閣文庫に所蔵されている。各篇の題名は次の通りである。

新刊全相平話武王伐紂書
新刊全相平話楽毅図斉七国春秋後集
新刊全相秦併六国平話
新刊全相平話前漢書続集

新刊全相平話三国志

このうち『三国志』の封面《ふうめん》(タイトルを書いた最初のページ)には「至治新刊」「建安虞氏新刊」とある。つまり元の至治年間(一三二一~一三二三)に、福建建陽地区に属する建安《けんあん》という町の虞氏《ぐし》という出版社が刊行したことになる。他の四篇の刊行年代は確定できないが、いずれも非常に類似した形式を取っていることから考えて、シリーズ物としてこの前後に刊行された可能性が高いものと思われる。

題名を見ただけでも、歴史を題材とした書物であることが見て取れる。題名から明らかになることは他にもある。「新刊」は新たに版木を彫り直したということであり、つまりは宣伝文句になる。これは商業出版物であったことを示すものである。「全相」の「相」は「像」と同じで、全ページに絵が入っていることを意味する。「平話」は、明代の用例から考えて講談のことと思われる。つまり「全ページ絵入りの、講談に基づく……」という題名であることになる。

題名から読み取れることはもう一つある。「七国春秋後集」という以上、「前集」があったことは確実であり、「前漢書続集」という以上、こちらにも先立つものがあったはずである。ただし、わざわざ「後集」とは違う言い方をしている点から考えて、前にあったのは一篇ではなかったかもしれない。「前漢書」が項羽《こうう》と劉邦《りゅうほう》の戦いという長い物語であることを考えると、「前集」「後集」「続集」という構成だった可能性がある(この点は大塚秀高「六続研究前後——『封神演義』と『前漢書平話』をめぐって」(『中国古典小説研究』第八号(二〇〇三年三月))による)。つまり、現存するのは五篇だが、元来は七もしくは八篇あったのではないかと思われる。また現存しない春秋時代については、最近発見された『十八国闘宝伝』がかつての「全相平話」の内容を伝えているのではないかともいわれる(上原究一「明刊本小説『彙正十八国闘宝伝』の発見とその意義」(『日本中国学会報』第七十五集(二〇二三年十月)))。もしそうであれば、春秋時代についても「全相平話」が存在したことになる。

更に、「前漢書」があるなら「後漢書」もあったのではないかという想定も当然可能である。しかし、おそらく「後漢書」はなかったのではないか。『全相平話三国志』(以下『三国志平話』と呼ぶ)巻頭

『全相平話三国志』封面

に置かれた奇妙な物語から考えると、その可能性が高いのではないかと思われる。

『三国志平話』は、後漢の光武帝が王莽《おうもう》を倒して即位するところから始まる。光武帝が王莽の作った庭園を一般に開放したところに、司馬仲相《しばちゅうそう》といううだつの上がらぬ書生がやってきて天公の理不尽を罵っていると、突然現れた使いが彼を冥府に連れ去り、もし正しい裁きをできれば人間界の天子となるが、裁けなければ地獄落ちだと言う。そこに韓信《かんしん》・彭越《ほうえつ》・英布《えいふ》が現れて劉邦を訴えるので、劉邦と呂后《りょこう》を呼び出し、更に韓信配下の弁舌家蒯通《かいとう》の証言を聞いた上で、韓信は曹操《そう》、彭越は劉備《りゅうび》、英布は孫権に転生し、献帝に転生した劉邦の天下を奪って三分させ、呂后を献帝の伏皇后に転生させて曹操に殺させ、蒯通を諸葛亮《しょかつりょう》に転生させて劉備を助けさせると判決を下す。見事裁いた司馬仲相は司馬仲達《しばちゅうたつ》に転生して三国を統一する。

実はこの物語は大変人気のあるもので、後に「鬧陰司司馬貌断獄《どういんししばぼうだんごく》」として「三言《さんげん》」の一つ『古今小説《ここんしょうせつ》』に収められ、更に『三国因《さんごくいん》』という題名で単独でも刊行されるに至っている。つまりおそらく独立した物語であることになるが、なぜ『三国志平話』の巻頭に置かれているのであろうか。しかも、時期は後漢初めで、彼らが転生するまで二百年近くを要することになっている。実際、「鬧陰司司馬貌断獄」では後漢の霊帝の時のこととされている(逆に少し遅すぎるようにも思われるが)。なぜ時間的に合理的な後漢後期のことと設定していないのであろうか。

これらの疑問は、この物語が『前漢書』と『三国志』のつなぎだと考えれば説明可能になる。舞台が光武帝の時となっているのは、飛ばしてしまった王莽の簒奪と後漢建国のことを盛り込んでおく必要があったからであろう。『前漢書』を読み終えた読者は、続く『三国志』の巻頭でおなじみのキャラクターが次の物語の主役に転生することを知ることにより、スムーズに次の物語に入ることが可能になるとともに、同時にこの部分の叙述が抜けてしまった部分の説明にもなって、後漢末期の物語に容易に入り込めるように設計されているのではないか。この想定が正しいとすれば、「全相平話」は殷周革命から三国時代までの中国史を語るシリーズだったことになる。

更にテキストの形式を確認してみよう。前述の通り「全相」は全ページ絵入りということだが、具体的にはどうなのか。「全相平話」各本は、すべて上部の三割程度を挿絵が占め、その下に本文があるという、いわゆる「上図下文形式」を取っている。現在の日本において、絵本をはじめとする挿絵が多い本は子供向けのものであるのが一般的であることからもわかるように、技術的な図解書を別にすれば、挿絵は本を読み慣れない人や教養の低い人がなじみやすいように附されるのが一般的である。しかも、すべてのページに絵があれば、字を読めない人でも人の説明を受ければ楽しむことが可能になる。

そして、このシリーズを刊行したのは建陽の出版社であった。建陽は福建省の山奥になるが、宋代以来出版が盛んな地である。建陽の刊行物はその粗悪さで知られる。しかしそれは、建陽の出版技術の低さを示すものではなく、安価な書物を作ることを目指した結果である。一般読者に向けた商業出版においては、できるだけコストを下げて単価を安くすることが求められる。通常梨などの固い木質の素材を使用する版木に、建陽では周辺地区に多い榕樹（ガジュマル）を使用する。木質が柔らかい榕樹は、刷りを繰り返せば摩耗しやすいため、印刷状態の悪い書物を生み出すことになるが、しかし木質が柔らかいことは、高い技術を持たなくても容易に版木を彫ることができるというメリットを持つ。安価で高度な技術を必要としない版木を使用することにより、建陽の出版社は安価な書籍を生み出すことに成功したのである。建陽こそは、世界の商業出版発祥の地であった。上図下文形式が以後建陽から刊行される小説の特徴になっていくことは、この形式が建陽の出版社の顧客層の需要に合致していたことを示すものであろう。

以上の事実と、当時の社会の状況を考え合わせると、「全相平話」が刊行された理由が見えてくる。このシリーズが刊行されたのは、元が支配する旧南宋領においてであった。支配層の中核となるのはモンゴル人・色目人や北方から来た武将たちである。モンゴル人・色目人は異文化に属する以上、中国の伝統文化に疎い人が多く、漢民族や女真人であっても、武人は高い教養を持つとは限らない。しかし、知識教養を重視する伝統を持つ旧南宋領で生活する以上、一定の中国史の知識は持っておかなければ業務上・社交上問題がある。ここにわかりやすく、読んで面白い歴史教養書への需要が生じる。

更に、元代の官吏登用制度が胥吏から年功を積んで官に至るものだったことも想起する必要があろう。そこでは「儒吏兼通」が求められた。つまり、知識人には宋代の科挙において要求された「儒」以外に、実務能力を保証する「吏」の知識能力が、一方で宋代には胥吏であった人々には、一定の「儒」の教養が求められたのである。前者ゆえに、この時期には『吏学指南《りがくしなん》』といった吏の業務マニュアルが刊行されている。後者について求められるのは、読みやすい歴史や儒学の入門書であろう。

折しも、科挙の廃止・縮小ゆえに、出版社は最大の売れ筋商品であった科挙受験参考書を失ったばかりであった。それにかわるものとして、やはり官吏となるために必要な書籍として編集・刊行されたのが「全相平話」シリーズだったのではないか。つまりこのシリーズは、全ページ絵入りの「漫画中国史」ともいうべき通俗的教養書だったのではないかと思われるのである。読書に不慣れな人々にも受け入れてもらいやすいように、挿絵を多く入れ、内容も面白くしたわけだが、その面白さゆえに、勉強の対象ではなく、読んで楽しむ本として幅広く受容されることにもなりうる。ここから中国における読み物としての小説というものが本格的に生まれたのではないか。

では、建陽の出版社はどのようにしてこの全く新しい種類の書物を作り上げたのであろうか。その本文から、およその制作過程を割り出すことは可能である。『秦併六国』巻下の始皇帝の治世を語る部分に次のようなくだりがある。

三十一年、徐広奏曰、更黔首自田土也。

この文章は意味がわからない。しかも徐広《じょこう》なる人物は前後に登場せず、また歴史書を見ても始皇帝の臣下には見当たらない。一方、南宋の学者として有名な呂祖謙《りょそけん》の著とされる歴史書のダイジェスト版『十七史詳節《じゅうしちししょうせつ》』の『史記詳節』巻四には次のようにある。

三十一年、徐広曰、更黔首自実田土也。更名臘曰嘉平。

三十一年、（注：徐広が言うには、民に自分で土地を耕させるように改めたのである）臘《ろう》（冬至の祭）を嘉平《かへい》と改称した。

実は、『史記』巻六「秦始皇本紀」には「三十一年」の後の注（集解）に「徐広曰、使黔首自実田土也」とある。なぜこんな注があるのか不可解に思えるが、実はこれは本来その後にある「黔首（民）」に米と羊を賜ったという記事に附されていた注が、誤って前に置かれたものと思われる。『詳節』はその不適切な位置にある注を、しかも「使」を「更」と誤って引き、『秦併六国』はそれが注釈であることに気づかず、徐広という大臣がいたものと思い込んで、「奏」を加えてしまったことになる。

この一事からも「全相平話」の制作方法の一端がわかる。年代記的記述については、南宋の頃受験参考書として作られたダイジェスト版歴史書を種本とする。ここでは『十七史詳節』が利用されているが、全体的には『少微通鑑節要《しょうびつがんせつよう》』のような『資治通鑑《しじつがん》』の受験用ダイジェストが用いられたようである。

とはいえ、史書による記述は多くはない。史書にない物語的叙述は何に基づいているのであろうか。『三国志平話』から赤壁《せきへき》の戦いの場面をあげてみよう。曹操の軍に焼き討ちを掛けるため、諸葛孔明《こうめい》が東南の風を呼び、降参すると偽った黄蓋《こうがい》の船が燃えながら曹操の船団に突入するクライマックスの場面である。

さて、諸葛は黄色い衣を羽織って、ザンバラ髪にはだしで、左手には剣をさげ、歯を打ち鳴らしながら魔法を使いますと、大風が起こりました。詩に申します。「赤壁の大合戦はいにしえより雄壮さをうたわれ、時の人はみな周瑜《しゅうゆ》を恐れるも、天は知りたもう天下三分となったのは、すべて黄蓋一人の忠義ゆえ」。さて、武侯《ぶこう》は長江を渡って夏口《かこう》に着きました。曹操は船の上で大声で叫びます。「もうだめだ」。

「武侯」は諸葛孔明が死後に与えられたおくりなである。呼称が不統一であるのもさることながら、諸葛孔明が長江を渡った理由(用が済んだら抹殺しようとする周瑜の魔手を逃れるため)もわからなければ、なぜ曹操が絶望するのかもわからない。ここには肝心のことが何も書かれていないのである。

更に『秦併六国』の一節をあげてみよう。

顔符序《がんふじょ》がすぐに出馬して、秦将と話をしようとします。李信《りしん》が出馬して、戦いを挑んで三十合、李信は長刀を使わず、弓に矢をつがえると、振り返りざま立て続けに三筋矢を飛ばせば、顔符序の金の冠はさかさまになって、両足は空を踏みます。

秋風も吹かぬうちに蟬は先にさとるものを、ひそかに死を送り来たるもまるで気づかぬ。

遼(燕のこと)将は大敗して三十里退きます。秦軍は三十里追いつきました。翬畢《きょうひつ》が長刀をかついで出陣します。蒙毅《もうき》があいさつを終えると、二人は戦います。三十合になったところで、蒙毅が負けたふりをするので、翬畢がすぐに追いかけると、一刀のもとに切り落としました。翬畢は空を踏みます。

刀挙がるや三魂失われ、七魄ははるかにどこにあるやら。

単調な戦闘描写と詩の組み合わせ、これが延々と続く。つまり「全相平話」の文章は全体に拙いとしかいいようがない。なぜこのような欠陥が生じたのだろうか。その原因を考えてみよう。

注目されるのは、『秦併六国』の戦闘描写が著しく単調であるにもかかわらず、武将が倒されるごとに毎回詩が書かれていることである。芸人への聞き取り調査によれば、講談においては詩が挿入されるのが普通だが、それは原則として出来合いのものを用いるという。とすれば、この不思議な文章の性格も見えてくる。

講談の種本にはごく簡単な粗筋を記すのみで、細部は講談師のアドリブに委ねるのが普通である。むしろそこにこそ講談師の腕の見せ所があるというべきであろう。しかし詩は出来合いの

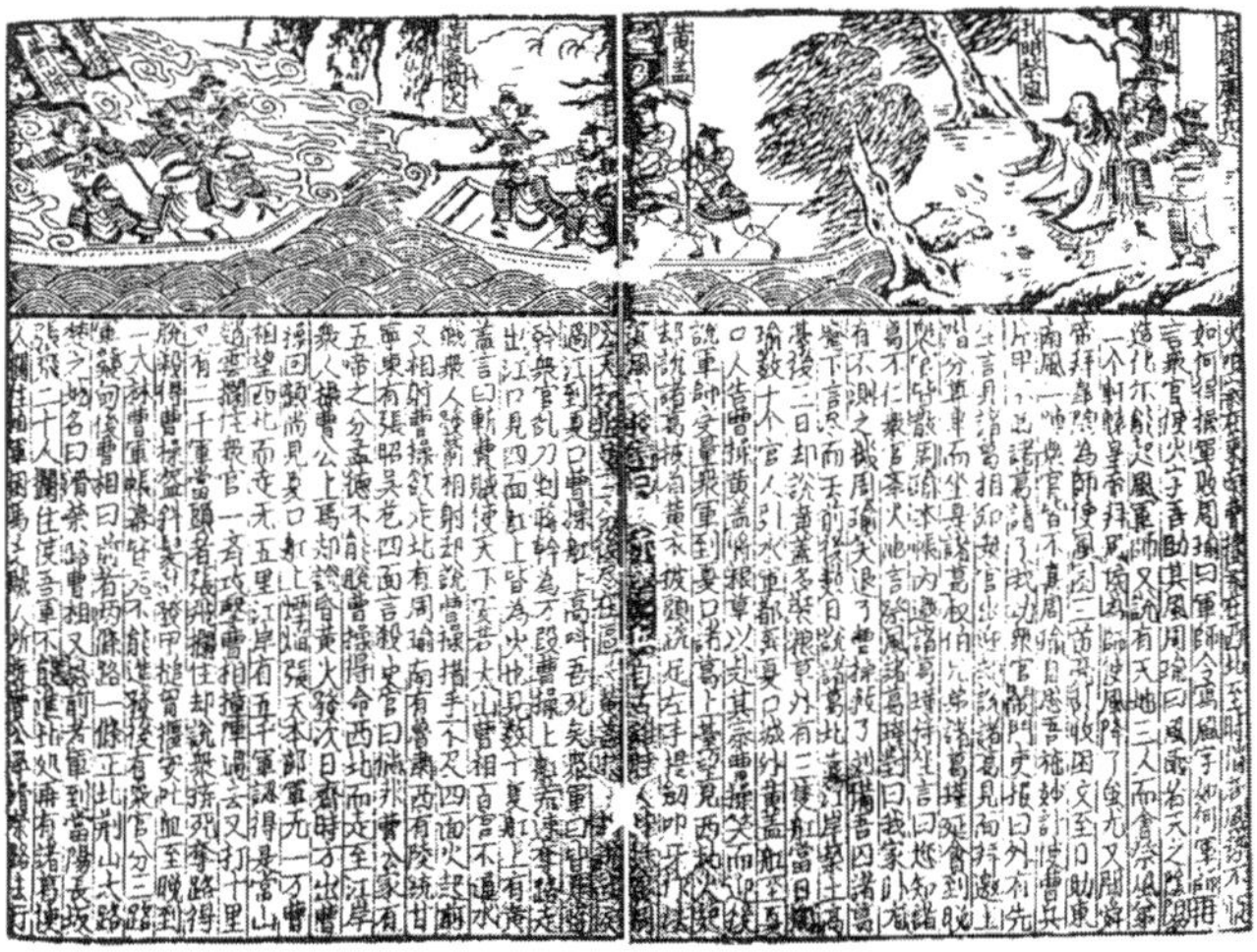

『三国志平話』赤壁の戦い

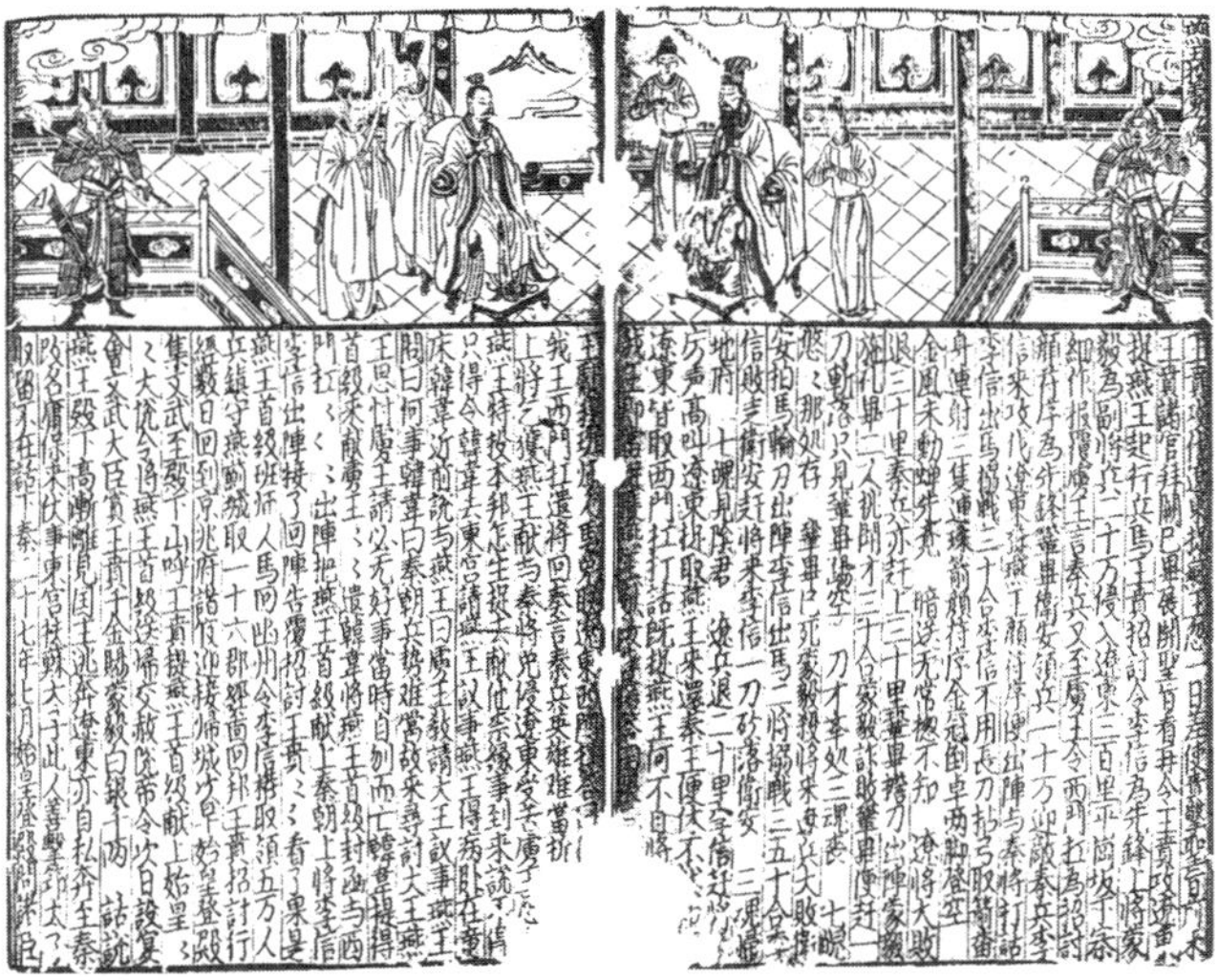

『秦併六国平話』

ものが必要である。つまり、『秦併六国』の簡単すぎてつまらない戦闘描写は、骨格と詩のみ記した講談の種本に由来するのではないかと思われる。講談を意味する「平話」という名称はそれに符合しよう。種本だと考えれば、赤壁のクライマックスが叙述されていない理由も理解できる。あまりにも有名なこのくだりは内容を記す必要がなく、ここは完全に講談師の工夫に委ねられていたのであろう。

つまり「全相平話」は、教養のない人でも面白く読める歴史書を目指して、通俗史書と講談の種本を組み合わせて作られたものだったのである。前例のない書物だったため、講談の種本をそのまま使用した結果、叙述は非常に拙く、史書由来の固い文言文との落差に由来する統一感の欠如も覆いがたい出来の悪い書物になってしまった。歴史教養書としても、『武王伐紂』や『楽毅図斉』後半は仙人や魔法使による妖術合戦となって、正しい歴史的知識を伝えるものとは到底いいがたい。

しかし、教養が高いとはいえない読者でも楽しく読めるように、読んで面白い内容の書物を制作・刊行するという全く新しい行為がここに発生したことは、この上なく重要な意味を持つ。本来の目的が教養の獲得にあったとしても、ここに高級知識人以外の人間が面白さにひかれて書物を読むという行動と、面白さで購読者を獲得しようと狙う出版主体が出現したのである。「全相平話」はまことに拙いものではあったが、ここに第一歩が記されたことの重要性はたとえようもないほど大きい。

「全相平話」のうち、少なくとも『三国志』はよく売れたらしい。そのことを示すのは天理大学図書館に所蔵されている『三分事略《さんぶんじりゃく》』の存在である。『三分事略』は、『三国志平話』とほとんど同じ本文と、全く同じ構図の挿絵を持つ。しかし、本文においては「諸葛」を「朱葛」と表記するなど、あて字や誤字・略字が多く、挿絵はあまり曲線を用いずに描かれた非常に拙劣なものである。建陽の出版社が摩滅しやすいガジュマルの版木を使用していたことから考えて、これは『三国志平話』を大量に印刷した結果、版木が摩耗して刷れなくなってしまったため、改めて版木を彫り直す際、大幅に手を抜いた末にできあがった版本であった可能性が高いであろう。だとすれば、『三国志平話』は版木を彫り直す必要があるほどに売れたことになる。

売れ筋商品であることがわかれば、品質を向上させて更に広汎な読者に受け入れられるものにしようとするのは商売の常道であろう。具体的には、教養書としての価値を高めるため、より史実に密着した内容を持ち、かつ『三国志平話』の拙い文章を読みやすいものに改めることによって、より教養の高い読者にも受け入れられうる読み物を作ろうとしたに違いない。そのためには、白話文学の創作能力を持ち、かつ一定以上の教養を持つ知識人の関与が必要になる。南宋以来、文化の中心地杭州と出版の中心地建陽の間には密接な交流があったものと思われる。「全相平話」のもとになった講談の種本も、芸能が極めて盛んであった杭州から入手した可能性が高いであろう。『三国志平話』を改良するにふさわしい人材を杭州に求め、そこで見出されたのが、おそらく趙匡胤《ちょうきょういん》による宋建国の物語を題材とする雑劇「風雲会《ふううんかい》」の作者として知られる羅貫中《らかんちゅう》だったのではないか。

羅貫中については、『録鬼簿続編』に簡単な記述があるのみで、元末、おそらく杭州で生活していたという以外、詳しいことはわからない。また『三国志演義』の作者として常に名をあげられるものの、彼が実際にどの程度『三国志演義』の成立に関わっていたかもわからない。ただ、その後さまざまな小説に作者として羅貫中の名があげられていることから考えて、彼が白話小説の世界における伝説的存在、その名が内容の品質を保証するものと見なされていたことは確かであり、それは白話小説の古典『三国志演義』に関わっていたことに由来する可能性が高いであろう。雑劇を書く無職の知識人だった羅貫中は、まさに建陽の出版社が求める人材というにふさわしい人物であった。こうして、『三国志平話』の改良版として『三国志演義』が生まれるのではないか。

まさにこの時、中国は大きな変化を迎えることになる。元が北に去り、明王朝が始まるのである。

第二部

明の文学

一――明という時代

一三六八年、元はモンゴルに去り、以後一六四四年の滅亡に至るまで、三百年近くに及ぶ明代が始まる。この間、初期に起きた「靖難《せいなん》の役」と呼ばれる内乱と、末期の混乱を別にすれば、大きな戦争はなく、中国は歴史上最も長い平和で安定した時代を迎える。この時代に白話文学は大きく展開することになる。

明の建国者朱元璋《しゅげんしょう》（一三二八～一三九八。太祖洪武帝）は、最下層の貧民から身を起こし、元末の混乱の中で反乱軍のリーダーとして頭角を現して、ついには皇帝にまで至った人物であった。明の皇帝が他王朝の皇帝よりはるかに強い権力を持っていたことを考えれば、世界史上他に類を見ない成り上がり者といっても過言ではないであろう。皇帝一族が庶民出身であったから、明代は庶民性の強い時代になったといわれるゆえんである。しかし、皇帝が庶民的性格を持っていれば文化が庶民的になるという単純な問題ではあるまい。

即位後、朱元璋は数度にわたり疑獄事件を起こし、万単位で人を殺す粛清を実行した。これは、一つには自分の一族の地位をおびやかす恐れがある功臣を排除するためであろうが、それだけの理由でこれほど多くの人を殺す必要があるとは思えない。ここで、この時主たる標的となったのが士大夫たちであったことを想起すべきであろう。ここに、下層民として士大夫から虐待された経験を持つ朱元璋の階級的復讐心を見るのは容易であるが、朱元璋ほどの政治家が、個人的怨恨でこれほどの事件を複数回引き起こすはずがない。そこには一定の政策的意図があったと見るべきであろう。

その後の展開を見れば、明朝政府の士大夫対策に一つの一貫した意図があった可能性が見えてくる。無論明確な工程表があってのことではないであろうが、士大夫階級を一定の方向に誘導しようという意図が漠然とではあっても存在したように思われる。

まず、「靖難の役」により甥の建文帝を倒して即位した朱元璋の息子永楽帝（在位一四〇二～一四二四）の時期に、『四書大全《ししょたいぜん》』『五経《ごきょう》大全』『性理《せいり》大全』からなるいわゆる「永楽の三大全」が編纂され、科挙の出題・回答はこの範囲で行うこととされる。経典解釈を朱子学に限定する思想統制として悪名高いこの措置が、実は異なる側面を持っていたことを見逃してはなるまい。「三大全」が定められたことにより、科挙受験者は万巻の書をそろえる必要がなくなったのである。儒教についてはこの三部の書物さえ入手すればよい。これは科挙受験の経済的ハードルを大きく下げるものであった。

更に、時期を特定することは困難だが、明代前期を通じて科挙の答案の形式は八股《はっこ》文《ぶん》に定められていくことになる。これも一般には発想の定型化をもたらしたとして悪評の高い措置だが、一方でプラスの側面をも持っていたことは重要である。対句を用いる八段構成からなるこの文体は、文学的素養を全く必要としないことを特徴とし、詩を作ることは八股文を書く妨げになるという意見すらあった。つまり、文化の香り高い環境に育った人間でなければ合格が難しかった詩賦を課する試験とは異なり、知能がすぐれてさえいれば合格の可能性が十分にあることになったのである。

この結果、明代においては社会的上昇と下降のペースが極端に速くなる。比較的低い階層から士大夫に成り上がる事例が多くある一方で、高官であっても子弟が優秀でなければたちまち没落していくことになる。こうした状況ゆえに、庶民感覚を持った士大夫が出現したことは、白話文学が受容され、その創作が拡大していく上で重要な意味を持つことになる。一方で、激烈な競争社会となったことは、宋代の士大夫が持っていたような自身のエリート性と儒教倫理の正しさに対する信頼を失わせ、士大夫のアイデンティティに揺らぎが生じる。そこからは、従来とは全く異なる価値観が生じ、これが白話文学と結びついていくことになる。

以下、白話文学がどのように展開していくのかを見ていこう。

二――明代前期の状況　出版退潮期

明代初期は、元代に中国が銀を基本通貨とする国際経済システムの一部となり、結果的に銀が流出して不足するに至ったことと、その反動として明朝政府が農本主義的政策を採ったことが相まって、通貨不足による極端な不景気が発生し、現物経済が復活するに至った。その結果、当然のことながら貨幣による売買を前提とする商業出版も不況に陥ることになる。今日残されている明代前期の刊行物が少ないのはその反映と見るべきであろう。

刊行物の量自体が少なく、購買者層も限定されている以上、刊行される書物は再び「価値があると認められる書物」に回帰すると考えられよう。実際、今日残されているこの時期の刊行物は、いわゆる「経史子集」と宗教書に限定されている。では、元末に芽生えた知識人以外の人々が楽しみのために本を読みはじめるという動きは途切れてしまったのであろうか。

ここで注目されるのが、葉盛《ようせい》(一四二〇〜一四七四)『水東日記《すいとうにっき》』巻十二の次の記事である。

今物語を伝えて金儲けを狙う出版社の連中は、「小説雑書」をでっちあげている。南の人間が好んで語る「漢小王光武《かんしょうおう》」「蔡伯喈邕《さいはくかい》」「楊六使文広《ようろくし》」、北の人間が好んで語る「継母大賢《けいぼ》《たいけん》」といった類がとても沢山ある。農民・職人・商人・行商人らは、写し取り絵を描き、どの家もどの人も所有しているというありさまである。愚かな女どもは特にこれを好むから、物好きな人が「女通鑑」というのももっともだ。

ここに伝えられているのは、明代前期における知識人以外の人々の読書の状況である。読書の主体としてあげられるのは「農工商販」、通常行商人を意味する「販」が含まれる以上、ここには豊かとはいえない人々が含まれているに違いない。その彼らが、自身で書物を写し取り、挿絵まで模写して、どの家も持っているというほどの状況だというのである。この記述は、当時出回っていたそうした書物が絵入りであったこと、そしてそれを自分で写し取ってまで読みたがる人々がいたことを示すものである。元代に一度楽しみのための読書にふれた人々は、もはやその魅力から逃れることができなくなっていたのである。更に「女通鑑」という言い方も注目される。このことは、読者には女性も含まれていたこと、『資治通鑑』が白話文学において非常に重要な存在とされていたことを示すものである。当時女性が教育の機会を得ることが難しかったことを考えれば、挿絵があることは女性読者を獲得する上で不可欠のものだったかもしれない。

では、彼ら非知識人の読者が読んでいた書物はどのような内容のものだったのであろうか。葉盛があげる物語を検討してみよう。「漢小王」とは、「光武」と注記されていることからわかるように、後漢の光武帝の物語である。しかし「小王」ということから考えて、そこで語られていたのは、前漢の平帝の皇子劉秀《りゅうしゅう》が烏の導きを得て王莽の魔手から逃れ、兵を挙げて王莽を倒すという、史実とは全く異なる物語だったに違いない（詳しくは拙著『中国歴史小説研究』〔汲古書院二〇〇一〕第四章「劉秀伝説考」を参照されたい）。「蔡伯喈邕」は、後漢末の大学者蔡邕《さいよう》を主人公としつつも、やはり史実とは全く異なり、両親と妻を置いて科挙を受験に行った蔡邕が丞相の娘婿に収まり、孝養を尽くしつつも舅姑を飢饉で死なせてしまった末に訪ねてきた妻趙五娘《ちょうごじょう》を認めることを拒否し、その果てに天の怒りで雷に打たれて死ぬ物語だったであろう。朱元璋が好んだ高明《こうめい》の戯曲『琵琶記《びわき》』は、この物語を偽善的なハッピーエンドに作り替えたものである。「楊六使文広」は、非常に人気がある北宋の武門楊家将《ようかしょう》の物語で（「六使」は楊文広の祖父楊延昭《ようえんしょう》のはずだが）、これも実在の人物を主人公に据えながら大きく史実からかけ離れた物語である。つまり、葉盛が非難する「小説雑書」は、「全相平話」の史実をかけ離れた部分同様、歴史物語と称しながら、実際には史実と大きく異なる民間伝説に由来する物語だったことになる。ここでいう「小説」はつまらない話という意味であろう。

　葉盛の証言は、明代の前期から中期にかかろうとする時期に、非知識人向けの絵入り読み物が出版社から刊行され、人気を博していたことを示すものである。しかし、もとよりその種の書物は後世には残りにくく、その実態は明らかではなかった。ところが、二十世紀も後半になって、突然葉盛と同時代の非知識人向け刊行物が発見されたのである。

◈『成化説唱詞話』——語り物の文字化

一九六七年、上海近郊嘉定《かてい》県にあった宣氏の墳墓から、今日『成化説唱詞話』と総称される明代の文書が発見された。それは従来知られていなかった成化年間（一四六五〜一四八七）に刊行された芸能テキストであった。その内容は、関羽《かんう》の息子花関索《かかんさく》の活躍を描く『花関索伝』シリーズが四篇、『包待制出身伝《ほうたいせいしゅっしんでん》』に始まる北宋の名裁判官包拯を主役とするものが六篇、唐の薛仁貴《せつじんき》・五代の石敬瑭《せきけいとう》の物語が各一篇、そしてインコを主人公とする仏典由来の『鶯哥孝義伝《おうかこうぎでん》』と、高徳な開《かい》宗義《そうぎ》一族が皇帝の無理難題を切り抜けた末に一族あげて昇天するという『開宗義富貴孝義伝』である。その他に、五代の劉知遠《りゅうちえん》の物語である戯曲『白兎記《はくとき》』が含まれている。これらのうち七篇に「永順書堂」、一篇には「北京新刊」と記されており、おそらく北京の永順書堂という出版社が刊行したものと思われる。

ただ挿絵についていえば、『花関索伝』が上図下文形式なのに対して、その他はすべて本文の中に時々挿絵のみのページが含まれる形を取っている。しかも、『花関索伝』の最初に置かれた劉備・関羽・張飛が義兄弟の契りを結ぶ場面の挿絵は、『三国志平話』の挿絵とほとんど同じものである。以上の事実から考えて、花関索物は元来建陽で刊行されたテキストを北京で覆刻《ふっこく》（かぶせ彫り。完全なコピーを作成すること）したものと見るべきであろう。花関索物以外の本文と挿絵を別にするやり方は江南の刊行物に多いので、こちらも江南の刊本を覆刻したものかもしれない。各作品は「詞話《しわ》」と呼ばれる語り物の形態を取り、基本的に七言句からなる韻文（唱）とセリフ（説）によ

『花関索伝』

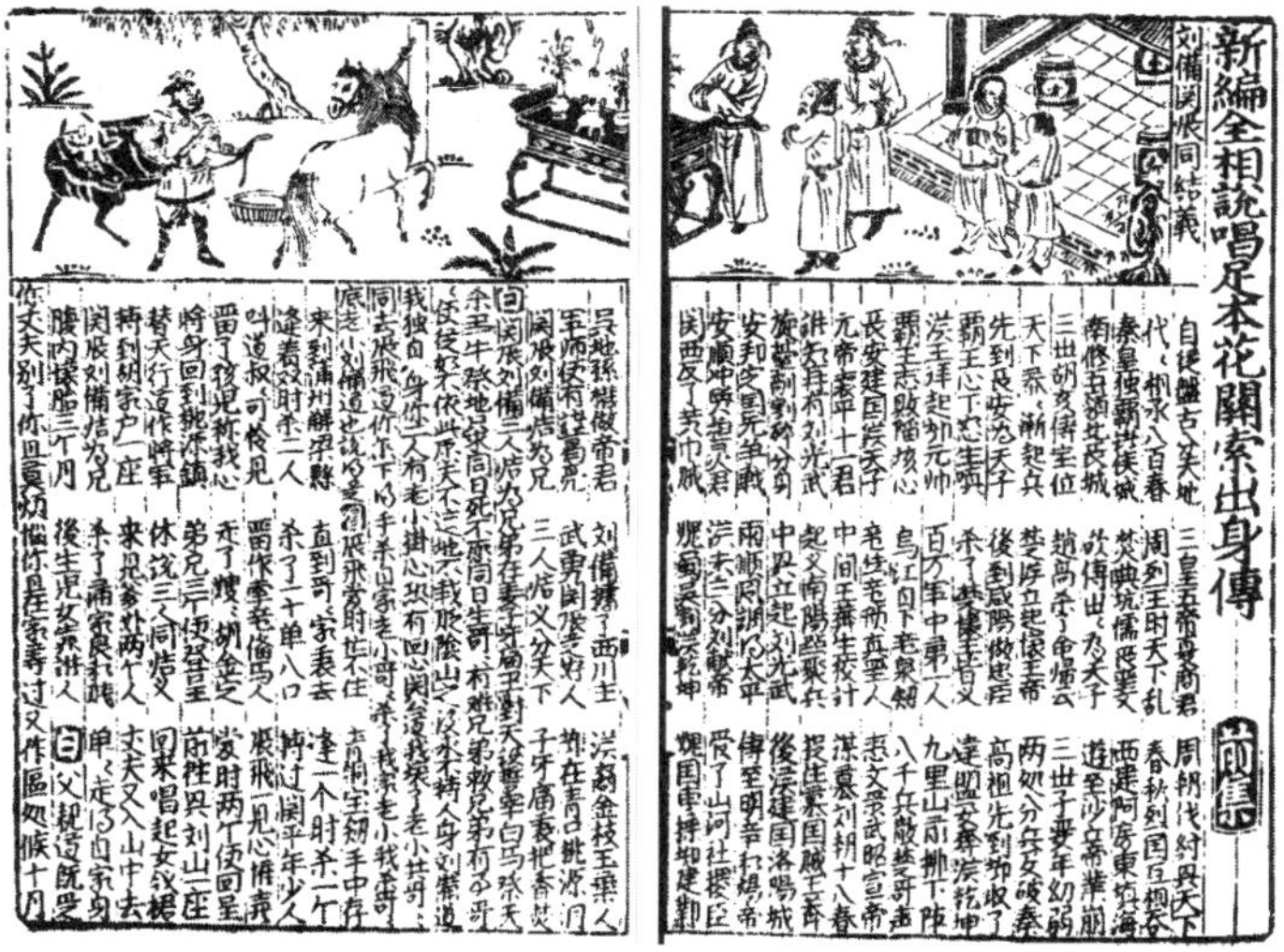
新編全相説唱足本花關索出身傳
前集
刘備関張同結義

『包待制出身伝』

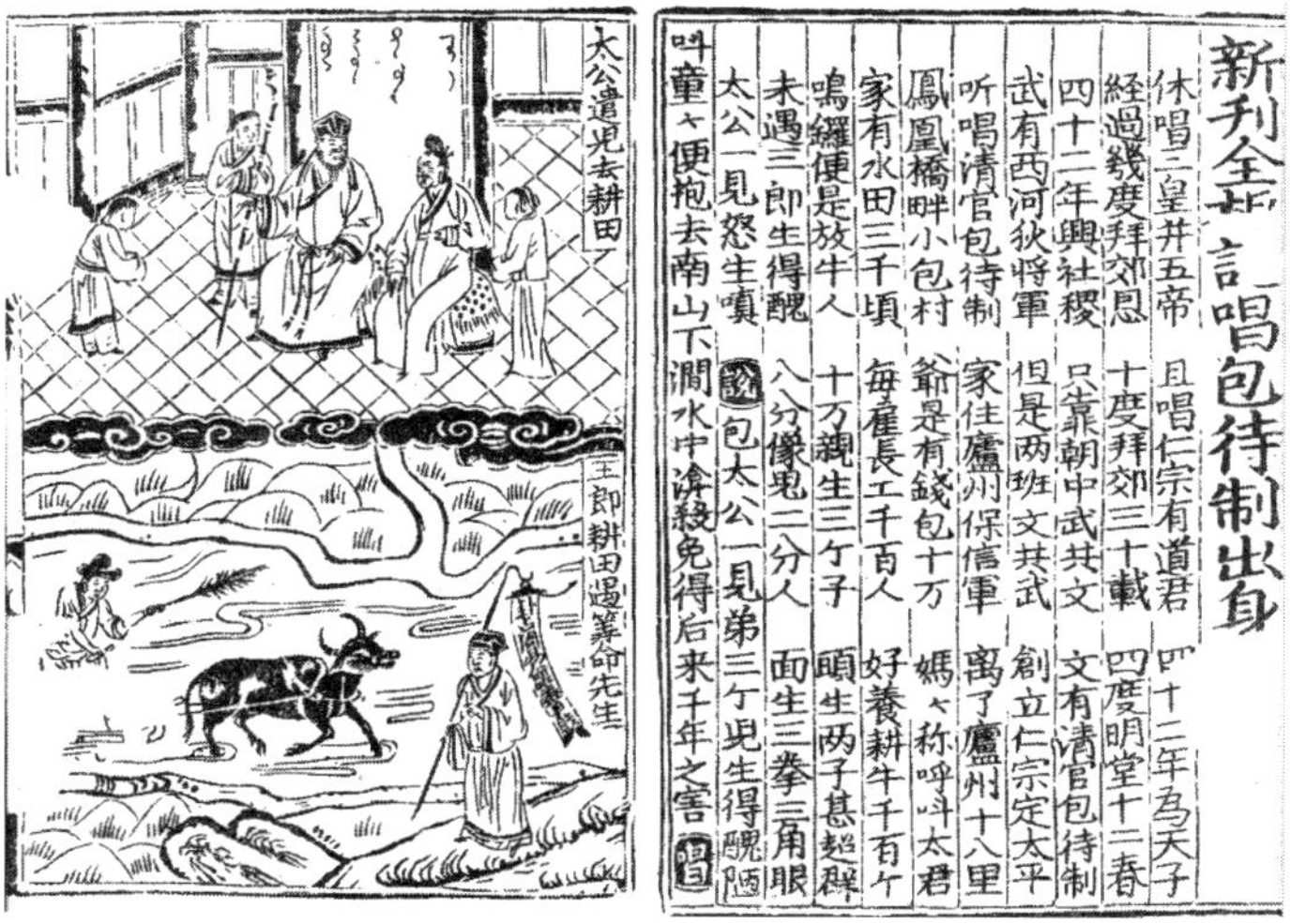
新刊全相説唱包待制出身

休唱三皇并五帝　且唱仁宗有道君　四十二年為天子
経過幾度拜郊恩　十度拜郊三十載　四度明堂十二春
四十二年興社稷　只靠朝中武共文　文有清官包待制
武有西河狄将軍　但是两班文共武　創立仁宗定太平
听唱清官包待制　家住廬州保信軍　离了廬州十八里
鳳凰橋畔小包村　爺是有錢包十万　嫣々称呼叫太君
家有水田三千頃　每雇長工千百人　好養耕牛千百个
鳴羅便是放牛人　十万親生三个子　頭生两子甚超群
末遇三郎生得醜　八分像鬼二分人　面生三拳三角眼
太公一見怒生嗔　説包太公一見弟三个児生得醜陋
叫童々便抱去南山下澗水中淹殺免得后来千年之害　唱

太公遣児去耕田

王郎耕田遇算命先生

り構成されている。つまり芸能の文字化ということになる。『花関索伝』から花関索が山賊の娘鮑《ほう》三娘《さんじょう》に求婚するくだりの韻文を引いてみよう。

関索将軍高声叫、我有良言你要聞。帰家与你親爺説、要你今朝結做親。悪了三娘名包（鮑）氏、咬定牙関恨恨喚。若要三娘為妻子、大刀底下結為婚。

関索将軍大音声に叫ぶには、「よい言葉あるゆえ聞いてもらおう。帰って父上に言うがよい、おまえは今日結婚せねばならぬとな」。怒らされたのは鮑三娘、歯をかみしめて憎々しげに呼ばわるは、「もし三娘を妻にしたいとあらば、大刀の下にて婚姻結ぼうぞ」。

素朴な語り口だが、偶数句押韻や第二・四・六字で平仄《ひょうそく》を入れ替えるという韻文の基本的な規則は原則として守られている。定型句を運用しつつ、平易な韻文で語っていくスタイルが見て取れよう。

『成化説唱詞話』も、その多くが歴史的人物を主要人物としながら、史実とは全く異なる内容を持つ。たとえば『花関索出身伝』は、劉備・関羽・張飛が義兄弟の契りを結んだ後、独身の劉備が妻子のある二人に向かって、足手まといだから始末してしまえと持ちかけ、それを承けて張飛が交換殺人を提案することから始まり、張飛から逃れた妊娠中の関羽の妻が産んだ息子は仙人の弟子になって、石から湧き出た九匹の蛇がいる水を飲むと超能力を身につけ……という荒唐無稽な展開をたどる。そして『成化説唱詞話』の物語の多くは強い反権力性を持つ。包拯は庶民出身の、庶民のために戦う恐れを知らぬ清官とされ、横暴な権力者たちを容赦なく裁いて処刑し、また開宗義は次々にふっかけられる皇帝の無理難題をことごとく退ける。一方で花関索の仲間になる山賊たちは肯定的に描かれる。

もう一つの特徴は、女性の活躍が目立つことである。花関索は鮑三娘をはじめとする複数の妻を持つが、彼女たちは女武者として大いに活躍する。包拯物の『張文貴《ちょうぶんき》伝《でん》』においては、やはり女山賊の青蓮《せいれん》公主が美少年の張文貴を無理矢理夫にし、またその他の作品においても、美貌ゆえに権力者に捕らわれた女たちが激しく抵抗し、最後には包拯によって救われる様が描かれる。これは、妲己《だっき》・呂后といった悪女たちを別にすれば女性の登場が少ない「全相平話」とは対照的といってよい。

これらの事実は、葉盛が伝える当時民間で読まれていた書物に関する情報と符合するものである。葉盛によれば、当時の「小説雑書」は挿絵入りであった。『成化説唱詞話』は、『花関索伝』は上図下文、その他は挿絵ページをはさみ込むという形で、形式こそ違え、多くの挿絵を持っている。また葉盛は女性がこの種の書物を好むと述べているが、これは『成化説唱詞話』に女性の活躍が目立つことと符合しよう。『金瓶梅《きんぺいばい》』の多くの場面に示されているように、また後の弾詞《だんし》などの芸能において明らかなように、この種の語り物は特に女性を対象に演じられることが多かった。女性聴衆の共感を得やすいように、女性の登場人物の活躍を多くするのは自然な流れであろう。

『成化説唱詞話』は、宣氏の夫婦合葬墓から出土している。これは、この書物が妻の愛読書だったことを示すものかもしれない。宣氏が歴とした士大夫の家だったことを考えると、この種の書物はかなり上層の家庭にも入り込んでいたことになる。出版業がそれほど盛んではなく、政府関係の文書や官僚の私的刊行物（「書帕本《しょはくぼん》」と呼ばれる名刺がわりの詩文集）を主に行っていたであろう北京の出版社が、おそらく南方由来のこの種の書物を覆刻出版したのは、勤務評定のために北京に来る地方官僚の手土産用だったかもしれない。

語り物テキストとはいえ、これらの刊行物が読み物として受容されていたことは明らかであろう。その点でもう一つ興味深いのは、語り物である「詞話」と全く同じスタイルで南曲による戯曲『白兎記』が刊行され、一連のシリーズのように入っていることである。これは戯曲が読み物として受容されていたことを示すものである。

◈読み物としての戯曲——『嬌紅記』『西廂記』

『白兎記』が詞話と区別ない形で刊行されていることは、刊行者・読者にとって両者が大きく隔たったものとは認識されていなかったことを示すものであろう。第一部第三章で述べたように、元刊雑劇のうち大字本については、読み物として刊行された可能性が想定される。この当時の読者にとって、戯曲であれ、語り物であれ、同じように韻文入り、もしくは韻文を主体とした物語読み物と認識されていたのではないか。明代前期から中期にかけて刊行された二つの雑劇テキストは、そのことを示しているように思われる。

一つは宣徳十年(一四三五)、金陵《きんりょう》(南京)の積徳堂から刊行された『金童玉女嬌紅記《きんどうぎょくじょきょうこうき》』(以下『嬌紅記』と略称)である。『嬌紅記』は、元の宋遠《そうえん》の作とされる文言小説『嬌紅記』に基づいて、申純《しんじゅん》と王嬌娘《おうきょうじょう》の恋愛を描くが、悲劇の結末に終わる原作とは異なり、二人が結ばれるハッピーエンドに改めた上で、二人が実は西王母《せいおうぼ》に仕える金童と玉女であったという枠物語を設定して、最後に天上に帰ることにしている。作者は劉兌《りゅうだ》(字は東生《とうせい》)という人物とされるが、詳細は不明である。この雑劇は、二つの雑劇をセットにして一つの物語を演じるという特殊なスタイルを取っているが、その刊本の形態と本文の内容は更に特異といってよい。

『嬌紅記』は全篇にわたり、右に挿絵、左に本文という形態を取っている。前節で述べたように、一ページをすべて挿絵に当てるのは江南の刊行物に多く見られる形式であるが、『嬌紅記』の場合、それがすべてのページにわたっていることになる。上図下文本とは違う意味で、絵を見ながら物語を追う絵本としての形式を持つことになる。

本文の特異さも形態に劣るものではない。本文の一節を訳で示そう。

(詩を唱え終わらぬうちに小慧(小間使の名)が言う)奥方様がお越しです。(末と旦はともに驚いて退場。末が登場して言う)……(詞を書斎に貼り付けて退場)(旦が登場して言う)さっき申兄様は出て行かれた。

書斎に行ってみましょう。（書斎に着くしぐさ。驚いて言う）あれ。出て行かれたのにどうして戸が開いているのかしら。見てみましょう。（見るしぐさをして言う）出かけたんだわ。

最初の部分はト書きというより地の文というべきものになっている。しかもセリフが非常に説明的である。更に、至るところに正末申純の非常に長いセリフがあり、そこでは申純と王嬌娘の手になる多くの詩詞の引用をまじえつつ、物語が延々と語られる。このような不自然なやり方で上演がなされたとは考えられない。つまり、このテキストは上演とは離れたものなのである。そして語られる詩詞は、原則としてすべて文言小説『嬌紅記』に見えるものである。

以上を総合すれば『嬌紅記』雑劇刊本の性格は明らかであろう。第一部第三章に述べたように、当時の文言小説は、ストーリーよりも作中で作られる詩詞を読ませることを目的とするものであった。文言小説『嬌紅記』の演劇版を刊行する際、文言小説にあった詩詞は重要なセールスポイントだったため、漏らすことはできなかった。そこで、演劇としての不自然さには目をつぶり、正末があたかも講釈師の如く、すべての詩詞を含む物語を語るという形式が取られたのであろう。ト書きの不自然さや説明的なセリフは、読者に物語の展開を間違いなく伝えるためになされた加工であろう。

つまり『嬌紅記』は、雑劇の体裁こそ取るものの、実際には詩詞曲を多数含んだ、すべての見開きの半分を絵が占める読み物だったのである。挿絵・本文ともにあまり精巧とはいえないこと

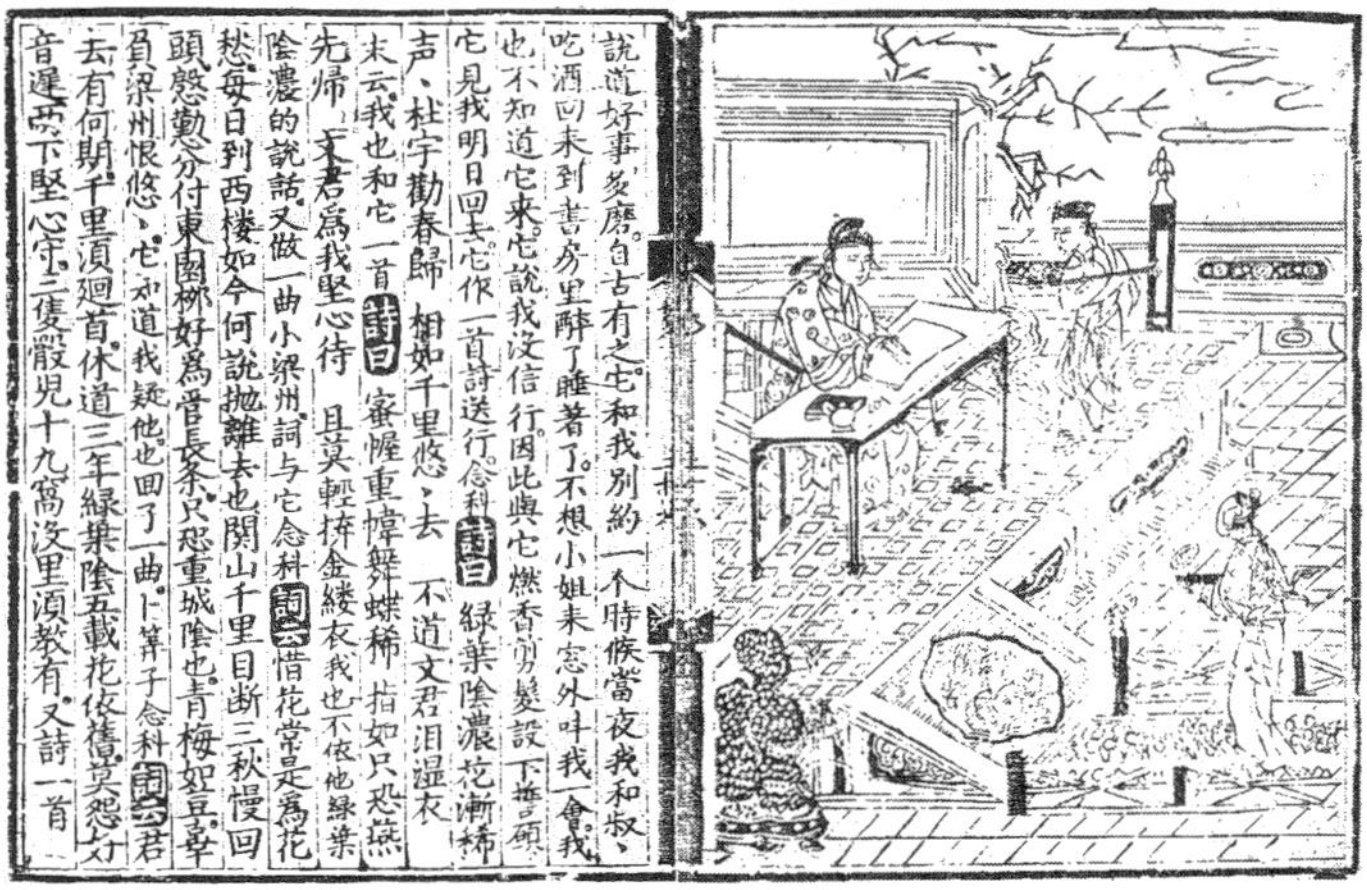

說道好事多磨。自古有之。它和我別約一个時候當夜我和叔、
吃酒回来到書房里醉了睡著了。不想小姐来窓外叫我一會。我
也不知道它来。它說我沒信行。因此與它燃香剪髮設下盟願。
它見我明日回去。它作一首詩送行。念科 詩曰 緑葉陰濃花漸稀
声、杜宇勸春歸 相如千里悠、去 不道文君泪湿衣
末云我也和它一首 詩曰 寂幄重幃舞蝶稀 指如只恐燕
先歸 文君爲我堅心待 且莫輕拚金縷衣 我也不依他緑葉
陰濃的說話。又做一曲小梁州詞与它念科 詞云 惜花常是爲花
愁。每日到西樓。如今何說拋離去也。関山千里目斷三秋。慢回
頭。懇懃分付東園桃。好爲晉長条。只恐重城陰也。青梅如豆。辜
負梁州恨悠、。它不知道我疑他也回了一曲卜筭子念科 詞云 君
去有何期。千里須迴首。休道三年緑葉陰。五載花依舊。莫怨灯
音遲。两下堅心守。二隻骰兒十九窩。沒里須教有。又詩一首

『嬌紅記』

は、この書物が比較的手軽に手に取ることができるものであったことを示唆しているように思われる。当時の読者に、これは戯曲であるというジャンル意識はなかったに違いない。

『嬌紅記』から六十年あまり後に、『董解元西廂記諸宮調』を元の王実甫《おうじつぽ》が五つの雑劇からなる壮大な作品に仕立てた恋愛劇の古典『西廂記』最古の刊本が刊行されることになる。

弘治十一年（一四九八）に刊行された『奇妙全相注釈西廂記《きみょうぜんしょうちゅうしゃくせいしょうき》』（以下「弘治本『西廂記』」と略称）は、『嬌紅記』とは比較にならない高いレベルの刊行物である。刊行者は金台岳家、「金台《きんだい》」は北京の別称であり、『成化説唱詞話』同様北京刊本ということになる。上図下文形式を取っているが、建陽のものとは異なり、非常に精緻に彫られた挿絵がほとんど半分近くを占める。文字も美しく、白話文学としては例外的といってよい美本で、サイズも大きい。それゆえこの本は明の宮廷で刊行された内府本《ないふぼん》に基づいているのではないかという推測もなされている。その当否は定かではないが、そうであってもおかしくない水準を持つことは間違いない。

更に、巻頭には多くの附録があり、本文にも多数の注釈が施されている。ただ、よく読むとその注釈は相当にいい加減なもので、原拠とされる書物も手紙の文例集『翰墨大全《かんぼくたいぜん》』や詩の種本というべき『韻府群玉《いんぷぐんぎょく》』のようないわゆる俗書が多い。これらの特徴と、女性が活躍する恋愛物語である点からすると、女性を含む読者が想定されている可能性が高い。『西廂記』が女性の間で人気を博していたことは、『金瓶梅』第二十一回において西門慶《せいもんけい》の妻妾たちが『西廂記』の曲辞を踏まえた酒令《しゅれい》（酒宴におけるゲーム）をすることからも見て取れよう。六人の妻妾たちは、潘金蓮《はんきんれん》一人

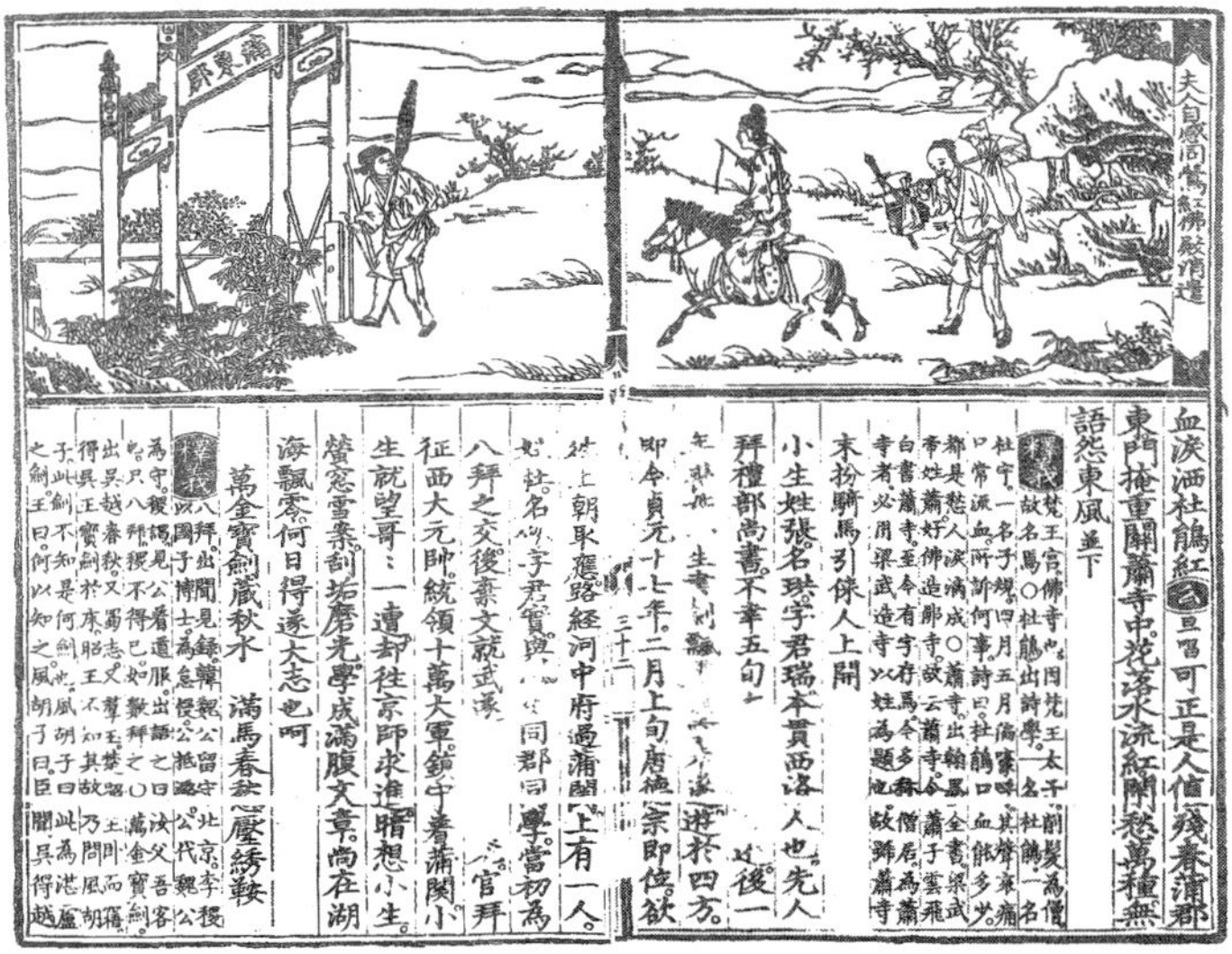

血淚洒杜鵑紅（合）旦唱可正是人值殘春蒲郡
東門掩重關蕭寺中花落水流紅閑愁萬種無
語怨東風 並下
末扮騎馬引徠人上開
小生姓張名珙字君瑞本貫西洛人也先人
拜禮部尚書不幸五旬之後一
遊於四方
即今貞元十七年二月上旬唐德宗即位欲
上朝取應路經河中府過蒲關上有一人
姓杜名確字君實與小生同郡同學當初為
八拜之交後棄文就武遂
官拜
征西大元帥統領十萬大軍鎮守着蒲關小
生就望哥哥一遭卻往京師求進暗想小生
螢窓雪案刮垢磨光學成滿腹文章尚在湖
海飄零何日得遂大志也呵
萬金寶劍藏秋水　滿馬春愁壓繡鞍

弘治本『西廂記』

を除いて字が読めないにもかかわらず、みな『西廂記』のうたは熟知しているのである。ここからは挿絵の効用も見て取れよう。この書物がどのように受容されていたかは、巻末に附された宣伝文句からある程度推察可能である。

旅館にお泊まりのとき、船旅の道中、お出かけの折などにこの本を御覧になり、始めから終わりまで唱われたなら、すっきりといい気分になりましょう。

旅のお供に最適という以上、上演を前提としたものではなく、「唱う」というのも読みつつ口ずさむことであろう。つまり弘治本『西廂記』も、『嬌紅記』同様、多くの韻文を味わいつつ楽しむ絵物語として刊行されたものであった。

ただ、前述したように弘治本『西廂記』は、『嬌紅記』よりはるかに精緻な挿絵を持つ豪華本である。誰がこのような高価な書物を楽しみのためだけに購入したのであろうか。

◈誰が弘治本『西廂記』を読んだのか

幸い、弘治本『西廂記』を所有していた人物を一人確定することが可能である。嘉靖十九年（一五四〇）の序を持つ『百川書志《ひゃくせんしょし》』に、明らかに弘治本『西廂記』と思われる書物が記録されているのである。『百川書志』は、皇帝直属の秘密警察として絶大な権力を持っていた錦衣衛《きんいえい》高官高儒《こうじゅ》の蔵書目録である。弘治本『西廂記』を所有していたことが確実な人物は高級武官だったことになる。
李開先《りかいせん》（一五〇二〜一五六八）の『詞謔《しぎゃく》』には、関所を守る指揮《しき》（高級武官）が、科挙受験に赴く知識人を取り調べて、専門が「春秋」と聞いて出だしを言ってみろと問うたところ、『春秋』の通りに「春、王の正月」と答えたので、「『春秋』の出だしは「遊芸中原」だ。そんなことも知らぬとはこいつは偽者だ」と決めつけて叩きだしたという笑い話が見える。「遊芸中原」は『西廂記』の出だしで、『西廂記』は「春秋」と呼ばれることがあるのである。この話の中では、儒教の基本経典『春秋』も知らない指揮が、『西廂記』曲辞は熟知していることが示されている。実はさきにあげた『金瓶梅』の主人公西門慶も、後述するように錦衣衛の高級武官と設定されていた。弘治本『西廂記』が北京で刊行された豪華本であることは、北京勤務の高級武官を顧客に想定していることを思わせるものである。

ただし、『詞謔』の笑い話には続きがあり、科挙受験生の訴えを聞いて取り調べに来た巡撫《じゅんぶ》（現在の省に当たる区域の事実上の長官）と指揮の間で、『西廂記』の曲辞を踏まえた滑稽なやりとりがかわされることになる。つまり、文官の高官である巡撫も『西廂記』を熟知していたことになる。白話文学の読者はかなり広い幅を持ちつつあったようである。事実、国子監司業（国立大学副学長）にまで上った科挙官僚である晁瑮《ちょうりつ》（一五〇七〜一五六〇）の『宝文堂書目《ほうぶんどうしょもく》』にも三種の『西廂記』が著録されており、その一つには「京刻」とあるので、これが弘治本だった可能性は十分にある。

高儒の『百川書志』と晁瑮の『宝文堂書目』には『水滸伝《すいこでん》』と『三国志演義』も著録されている。彼らが生きた嘉靖年間（一五二二～一五六六）には、白話文学の最高峰というべき「四大奇書」が出現しつつあったのである。

三――明代後期の展開　出版の爆発的発展と「四大奇書」の登場

明代も後期に入ると、嘉靖年間以降、一転して景気がよくなり、万暦年間（一五七三〜一六一九）になると、景気は過熱してバブル状態に至る。これをもたらしたのは日本銀とスペイン銀の流入であった。十六世紀、日本において灰吹法による銀の抽出が行われるようになると、銀の産出量は劇的に増大し、日本と明の間で金と銀の価値に大きな差があったこととも相まって、大量の銀が明に流入しはじめる。更に、スペイン・ポルトガルがラテンアメリカで手にした銀により貿易を行ったため、銀の流入量は一段と増加し、明代前期における通貨不足による不景気から一転して、通貨の供給過剰により経済が過熱するに至ったのである。

当然の結果として、商業出版も従来にない活況を呈することになる。嘉靖年間から出版量は急激に増加し、万暦年間に至ってピークに達する。万暦期に刊行された書籍の数は、それ以前に中国で刊行された書籍の総数をはるかに上回るといわれる。出版の拡大は、より安価で読みやすい書物の希求により技術革新をもたらす。「宋体《そうたい》」、つまりいわゆる明朝体が出現するのは万暦年間頃のことである。縦画を太く、横画を細く、止めや跳ねを図案化したこの書体は、版下書き・版木彫りのいずれにおいても、従来用いられていた趙体《ちょうたい》（元の書家趙孟頫《ちょうもうふ》の書を真似た字体）などのように高度な技術を必要とせず、大量生産に適しているにもかかわらず、見た目が美しく読みやすいという、書籍の大量生産において画期的な意味を持つものであった。

こうして安価な書物が大量に刊行されるようになると、読者も多様化する。激烈な販売競争の中で、出版社は新たな読者を開拓しようとして、次々に新しいジャンルの書籍を制作・刊行し、すでに刊行されているものにもさまざまな附録をつけて附加価値を与えようとする。そうした中で、元代以来生まれていた読んで面白い書物を求める人々の需要に応える本が次々に刊行されていくのは、当然の流れであった。

そのような状況下で刊行され、大きな人気を獲得していったのがいわゆる「四大奇書」、『三国志演義』・『水滸伝』・『西遊記』・『金瓶梅』であった。「四大奇書」という名称自体は、清代の出版社がセットで売るためにつけたものにすぎないが、この四篇の大長篇小説が、この時期のみならず、歴代中国の小説の最高峰であることは衆目の一致するところであろう。ただ、四篇のうち前の三つは芸能をもとにして、この時期よりかなり早い時期に原型ができていたものと思われるのに対し、『金瓶梅』のみはこの時期に、しかも一人の知識人によってゼロから創作されたものであって、大きく性格を異にする。まずは、おそらく原型の成立が最も早く、成立事情もある程度推察可能な『三国志演義』から見ていこう。

◈四大奇書

（一）『三国志演義』

『三国志演義』とは？　『三国志演義』については、まずその題名自体が問題になる。現存最古の版本とされる嘉靖元年（一五二二）の序を持つ嘉靖壬午序本の正式な題名は『三国志通俗演義』だが、刊行時期こそ遅れるものの、より古い本文を伝えると思われる葉逢春本は『新刊通俗演義三国志史伝』と題し、同じ系統に属する建陽刊の諸本は基本的に『三国志伝』という題名を持つ。建陽刊

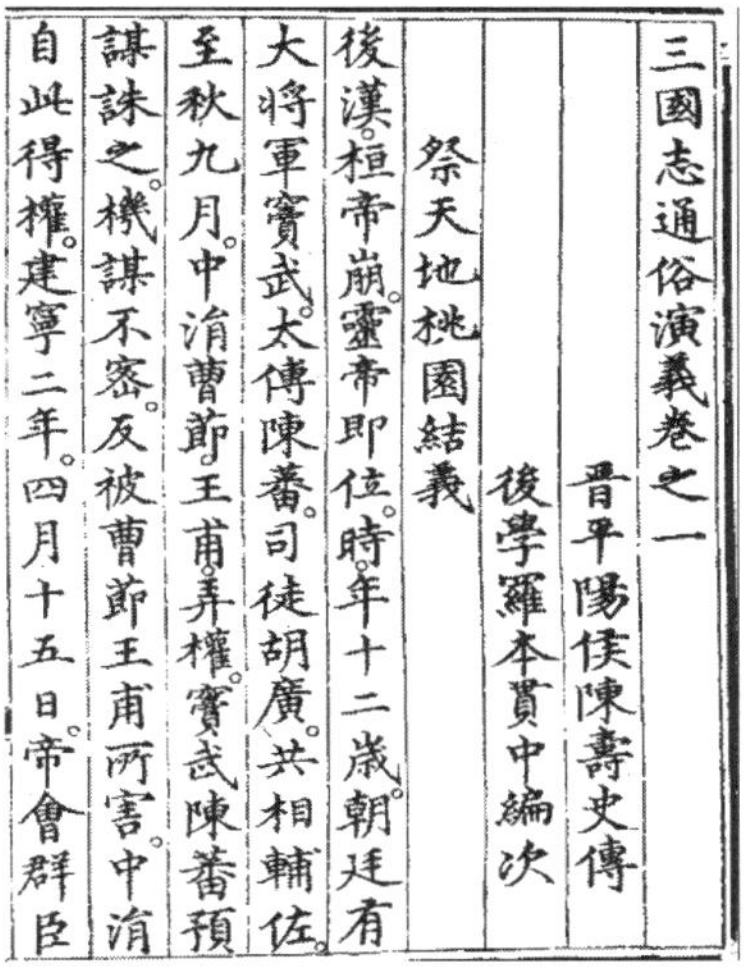
三國志通俗演義卷之一
晋平陽侯陳壽史傳
後學羅本貫中編次
祭天地桃園結義
後漢桓帝崩。靈帝即位。時年十二歳。朝廷有大將軍竇武。太傅陳蕃。司徒胡廣。共相輔佐。至秋九月。中涓曹節王甫弄權。竇武陳蕃預謀誅之。機謀不密。反被曹節王甫所害。中涓自此得權。建寧二年。四月十五日。帝會群臣

『三国志演義』嘉靖壬午序本

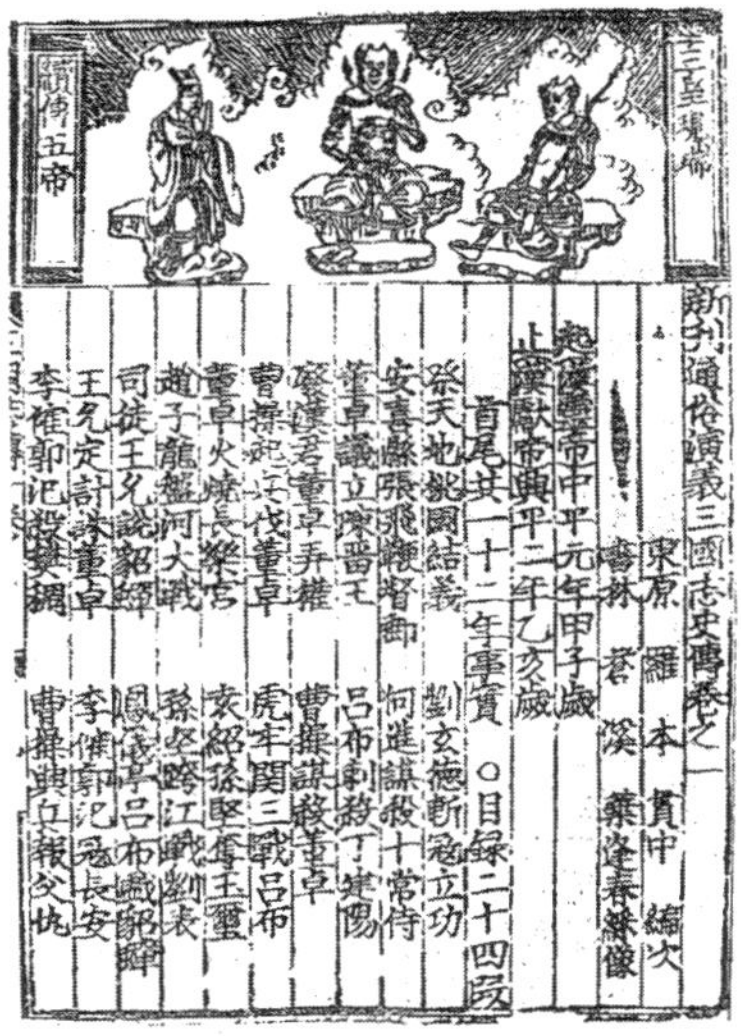
新刊通俗演義三國志史傳卷之一
東原 羅本 貫中 編次
書林 蒼溪 葉逢春 綵像
起漢靈帝中平元年甲子歳
止漢獻帝興平二年乙亥歳
首尾共一十二年事實 ○目録二十四段
祭天地桃園結義 劉玄德斬寇立功
安喜縣張飛鞭督郵 何進謀殺十常侍
董卓議立陳留王 呂布刺殺丁建陽
廢漢君董卓弄權 曹操謀殺董卓
曹操起兵伐董卓 虎牢關三戰呂布
董卓火燒長樂宮 袁紹孫堅奪玉璽
趙子龍盤河大戰 孫堅跨江戰劉表
司徒王允說貂蟬 鳳儀亭呂布戲貂蟬
王允定計誅董卓 李傕郭汜寇長安
李傕郭汜殺樊稠 曹操興兵報父仇

『三国志演義』葉逢春本

本の方が古い本文を伝えている可能性が高いとすれば、元来の題名は『三国志伝』であった可能性が高い。この題名において意識されているのはおそらく『春秋左氏伝』で、同書が『春秋』の簡潔すぎる記述を敷衍し、内容を詳細に伝えるものであるのにならって、知識人以外には難解に感じられる歴史書『三国志』をわかりやすく敷衍したという意味の題名と思われる。『三国志』の「志」に由来するはずの「志伝」という名称は、二音節を基本とする中国語の特性ゆえに独立し、『列国《れっこく》志伝《しでん》』『全漢志伝《ぜんかんしでん》』など建陽の長篇歴史物の題名として定着した末に、『水滸志伝』という書名まで出現するに至るが、これは『三国志伝』が歴史物における古典として重要視されていたことのあらわれであろう。

従って、オリジナルを重視するなら『三国志伝』と呼ぶべきかもしれないが、清代になって広く流布する改作版の毛宗崗《もうそうこう》本が『三国志演義』と題していたため、『三国志演義』もしくは中国語のリズムにより適合する『三国演義』が一般的な名称になったものと思われる。『三国志演義』は『三国志伝』とストーリーこそほとんど同じだが、本文が大幅に異なるため、差異化を図って違う名前を名乗っている可能性が高いであろう。

とはいえ「通俗演義」という言葉は、嘉靖壬午序本と葉逢春本の双方に共通して認められるものであり、この作品の性格を最も顕著に示すものと思われる。「俗」は教養が高くない人々のことであり、「通俗」は「教養の高くない人にも理解できる」ことを意味する。「義」は内容の深いところのことで、「演義」とは「内容をわかりやすく敷衍した」ということになる。従って、『三国志通俗演本でも広く読まれている「一週間でわかる○○」の類と考えればよい。

義』をわかりやすくいいかえれば、「誰でもわかる『三国志』」ということになる。つまり、今日日

誰が、何のために作り、刊行したのか　この題名は、『三国志演義』の制作目的を明瞭に示すものである。『三国志演義』は、教養が高くない人でも理解できるように、歴史書『三国志』の内容を平易な言葉で面白く書いた大衆向けの教養書だったのである。つまり元の「全相平話」の後継者ということになる。「全相平話」のうち『三国志平話』が特に人気があったため、建陽の出版社がその改良版を作ろうとして、杭州にいた雑劇作家羅貫中をスカウトした可能性については、第一部の最後で論じた通りである。『三国志平話』と『三国志演義』の内容に似通う点が多いことから考えて、『三国志演義』の原型は建陽において、『三国志平話』の後継として作られた可能性が高いであろう。建陽で刊行された『三国志伝』系統の版本がより古い本文を持っていることは、その結果ではないかと思われる。現存するテキストのほとんどに羅貫中の名が明記されていることから考えて、羅貫中が何らかの形で関わっていた可能性も高い。

『三国志伝』と題していたであろう原型は、元末明初に作られたものと思われるが、その刊本は現存しない。不況のため刊行量が少なく、かつ通俗的教養書として軽視されていたため、保存されることもなかった結果であろう。白話小説は日本に残ることが多いが、この時期は日本における南北朝の動乱と明の海禁政策が相まって、日本に渡った書籍が少なかったことも影響してい

るかもしれない。ただ、明代前期の間に『三国志演義』が何度も改良を加えられていたであろうことは、現存する版本の内容や文体から見て取ることができる（井口千雪『三国志演義成立史の研究』（汲古書院二〇一六）が全体にこの問題を詳細に論じており、本書の記述は同書による）。

現存する二つの刊本は嘉靖年間に刊行されたものである。このうち葉逢春本についていえば、上図下文形式を取っていること、目録には「新刊按鑑漢譜三国志伝絵象足本大全（新たに版木を彫った、『資治通鑑』に基づき、「漢譜（この語は意味不明）」の『三国志伝』、絵入りで完全なテキストの集大成）」という満艦飾の宣伝文句を題していること、各巻の初めには、たとえば第一巻に「起中平元年甲子歳　止興平二年乙亥歳　首尾共一十二年事実（中平元年甲子の歳から興平二年乙亥の歳まで、全部で十二年間の事実）」とあるように、朱熹《しゅき》による『資治通鑑』簡略版『資治通鑑綱目』を真似た語を掲げていること、これらの事実は、いずれもこの書物が『資治通鑑』に基づいた大衆向け教養書として、営利目的で刊行されたものであることを示しており、「全相平話」の後継にふさわしいものといってよい。挿絵や文字もあまり質の高いものではない。

一方、嘉靖壬午序本は大きく体裁を異にする。挿絵は一切なく、美しい文字で彫られ、本のサイズも大きい。これはどう見ても「全相平話」や葉逢春本とは性格を異にする刊行物である。しかも、物語の内容はほとんど同じでありながら、両者の本文は大きく異なり、葉逢春本の文章がかなり拙く読みにくいものであるのに対し、嘉靖壬午序本の文章は非常に読みやすい。常識的に考えて、刊行時期こそ葉逢春本の方が遅いものの（ただし両者ともに序の日付であって、それが実際の刊行時期を示すとは限らないが）、葉逢春本のような本文を改良した結果が嘉靖壬午序本と考えるべきであろう。では嘉靖壬午序本は、いったい誰が何のために刊行したのであろうか。

明末の宦官《かんがん》劉若愚《りゅうじゃくぐ》が宮廷と宦官について記した書物『酌中志《しゃくちゅうし》』巻十八「内板経書紀略」は、宮廷で宦官の官庁により刊行された書籍（「内府本」と呼ばれる）の目録である。実はその中に「『三国志通俗演義』二十四本」があり、宦官の間で特に人気のある書物だったと記されているのである。美しい文字で彫られた大型本であること、その割に本文脱落などの誤りが多いことなど、政府機関の刊行物（「官刻本《かんこくぼん》」と呼ぶ）に共通する特徴を具えており、しかも、題名が完全に一致している点から考えて、劉若愚が記録している版木の枚数と多少の差はあるものの、嘉靖壬午序本がこの内府本、もしくはその覆刻である可能性は高いものと思われる。では、なぜ宮廷で『三国志演義』が刊行されたのか。劉若愚が宦官の間で人気の書だったといっていることから考えて、宮中にいる皇帝とその周辺の宦官（宮女も含まれるかもしれない）の間で読まれていたことは間違いない。では、どこからこの書物は宮中に入ってきたのか。

ここで思い出されるのが、前章で述べた高儒『百川書志』と晁瑮『宝文堂書目』に『三国志演義』が著録されているという事実である。そして『宝文堂書目』には「武定板」と注記がある。「武定《ぶてい》」とは、当時の軍の大物、首都北京駐屯精鋭部隊司令官だった武定侯郭勛《かくくん》（一四七五〜一五四二）のことである（以下郭勛に関する記述も井口前掲書による）。郭勛は文学を愛好して白居易の詩文集などを出版しているが、その出版の対象には白話文学作品も含まれており、大規模な曲の選集『雍熙楽府』のほか、『三国志演義』と『水滸伝』も刊行している。そして、彼は世宗嘉靖帝から絶大な信任を受けていた。郭勛が自分の刊行した『三国志演義』を嘉靖帝に献上し、その結果『三国志演義』が宮中で愛読され、内府本が刊行されるに至ったということは十分に想定可能であろう。ではなぜ郭勛は『三国志演義』と『水滸伝』を刊行したのであろうか。

中国においては伝統的に武より文が重視される。明においても文官は武官より優位にあり、軍事行動の際にも文官が総司令官になり、武官はその下で働くのが原則であった。当然武官の間には不満が鬱積する。郭勛は、嘉靖帝の信任を後ろ盾として、武官の地位向上を図ろうと試み、最終的には文官から激しい攻撃を受けて獄死した人物であった。詩人曹操を悪玉、武人劉備・関羽・張飛を善玉とする『三国志演義』、そして後述するように、武官・胥吏の立場から激しく文官を批判する『水滸伝』は、郭勛がプロパガンダを展開する上で有効な武器になったに違いない。ただ、嘉靖壬午序本には弘治七年（一四九四）の序も附されており、一四七五年生まれの郭勛が本文の改訂に関与したとは考えにくい。

劉鑾《りゅうらん》の『五石瓠《ごせきこ》』という書物には「水滸小説禍をなす」という項目があり、そこには明末の流賊張献忠《ちょうけんちゅう》が『三国志演義』『水滸伝』を軍事の参考書として使用していたとある。更に清を建てた満洲族についても、『三国志演義』を軍事テキストとして使用していたという風聞があり、事実満洲語訳の『三国志演義』は数多く出版されている。この事実と、嘉靖壬午序本の嘉靖元年修髯子《しゅうぜんし》（郭勛その人である可能性が高い。井口前掲書参照）の序に、「歴史書は難しいので、学者でない者が読むと、すぐに眠くなってしまうから、俗語を使ってわかりやすくした」という趣旨の内容が述べられているること、郭勛の一族が実戦部隊の軍司令官をつとめていたことを考え合わせると、『三国志演義』は文事に慣れない武官でも読みやすいようにまとめた歴史・軍事のテキストという性格を持っていたのではないかと思われる。つまり、「全相平話」を引き継ぐ教養書であり、それを更に軍事に特化した実用書でもあったことになる。

ただ、嘉靖壬午序本段階でリライトされ、読みやすい文章に改められたこと、かなり地位の高い文官だった晁瑮も所蔵していたように、おそらく郭勛によって文武官僚に広められたこと、宮廷で広く読まれたことは、虚実のバランスが取れた原型のよさと相まって、『三国志演義』の読者を知識人にまで広げることになったものと思われる。では、その内容はどのようなものであろうか。

『三国志演義』の形式と内容

「章回小説《しょうかいしょうせつ》」という言葉がある。「四大奇書」をはじめとする中国の長篇白話小説の形式を意味する語で、長篇講談のスタイルを模して、各部分を「第〜回」と題し、各回の終わりでは登場人物が危機に陥って「さて〜の命はどうなるでしょうか、続きは次回をお聴きください」と終えるやり方のことである。こうした気を持たせる手法は、おそらく講談の現場で実際に用いられていたものであろうし、「全相平話」にもその名残は見えるのだが、「第〜回」という形式がいつに始まるのかは定かではない。『三国志演義』についていえば、葉逢春本・嘉靖壬午序本ともこの形式は取らず、前者は十巻、後者は二十四巻という編成で、ともに二百四十の章（通常「則」と呼んでいる）からなっている。葉逢春本の『資治通鑑綱目』を真似た体裁から明らかなように、歴史物教養書として作られた以上、本来なら講談の体裁を取るはずもないのだが、一方で則の切れ目では「さて命はどうなることか」といった続き物講談を引き継ぐ言い回しが見える。つまり歴史書を面白くするために講談の要素を取り込んだ形を取っているわけで、その点でも『三国志演義』は、やはり「全相平話」の進化形といってよい。

『三国志演義』が「第〜回」という形を取るのは、複数残る李卓吾《りたくご》批評本あたりから始まるかと思われるが、全百二十回からなるこの本も、各回が二則に分かれてそれぞれに題名がついており、二百四十則を体裁だけ百二十回にしたにすぎない。これは、おそらく当時非常な人気を博していた『水滸伝』に体裁を近づけるために行われたものであろう。真の意味で百二十回構成になるのは、後述する改作版毛宗崗本においてのことになる。

こうした変遷の過程は、『三国志演義』が教養書から娯楽読み物へと変質していったことを示すものであろう。教養書から出発した以上、当然その内容は二世紀末から三世紀前半にかけて、後漢末から三国時代の歴史を語るものということになる。清の歴史学者章学誠《しょうがくせい》から「七実三虚（七割は史実、三割は虚構）」といわれたように、その内容はかなり史実に忠実なものではあるが、史実を逸脱しない範囲で巧みに虚構を織り込んで、個性的な登場人物たちが複雑に絡み合いながら活躍する様を生き生きと描き出している点で、他の歴史小説に抜きん出た出色の作といってよい。

歴史書『三国志』をわかりやすくしたものといいつつ、曹操が建国の基礎を築いた魏を正統とする陳寿《ちんじゅ》の歴史書『三国志』とは異なり、『三国志平話』同様、劉備の蜀漢《しょくかん》を主とする。これは朱熹の『資治通鑑綱目』に沿ったものである。北宋の残党が建国し、二代目孝宗以降は、太宗の血筋を引く初代高宗とははるかに遠い太祖趙匡胤系の皇族が帝位を嗣いだ南宋は、漢帝室の端から出たとされる劉備が建てた蜀漢とよく似た立場にあり、南宋の臣下だった朱熹が蜀漢を正統とするのは必然であった。そして、朱熹が主として活動していたのが建陽であり、同地の出版社と親密な関係にあった以上、そこで生まれた『三国志平話』が蜀漢を正統とするのも必然であった。『三国志演義』はそれを承けて生まれた一面があろう。

だが、劉備が善玉、曹操が悪玉とされるのは朱熹の影響のみによるものではない。北宋の時期にあっても、芸能の世界ではすでにこの図式が定まっていたことは、蘇軾が王彭《おうほう》という人物言葉を引いて、腕白小僧たちが講釈師の話を聞いて、劉備が負けたと聞くと涙を流し、曹操が負けたと聞くと喜ぶと伝えている（『東坡《とうば》志林《しりん》』）ことからも明らかである。ではなぜ劉備が善玉、曹操が悪玉になるのであろうか。

鍵になるのは嘉靖壬午序本巻七「劉玄徳襄陽《じょうよう》にて会に赴く」に見えるエピソードである。曹操に破れた劉備は荊州の劉表《りゅうひょう》に身を寄せるが、劉表の妻の兄蔡瑁《さいぼう》は劉備を陥れるため、劉備がいた部屋の壁に野心を示す詩を書き付けて劉表に見せ、劉備には反逆の意図があると讒言《ざんげん》する。それを見た劉表は、一度は怒るが、ふと我に返って「わしは劉備とは長い付き合いだが、詩を作るのを見たことがない」と気づいて、詩が何者かの作為だと悟る。ここで注意されるのは、劉備が詩を作ったことのない男とされていることである。一方、曹操がすぐれた詩人であったことはいうまでもない。詩を作るか否かは、その人物が知識人であるか否かを分ける指標といってよい。

史実における劉備は、漢の皇室の出身と称してはいるものの、若い頃靴やむしろを織って生計を立てていたという人物である。漢の皇室出身ということに疑いを抱く向きもあるが、前漢後漢四百年も続いている以上、皇室の人間はおびただしい数に上っていたはずであり、事実だったとしても、彼が高貴な生まれというには当たらないであろう。劉備はその後、関羽・張飛・趙雲《ちょううん》と組んで、腕っ節を頼りに傭兵隊長としてさまざまな群雄の下で働き、主人が滅びていく中で、しぶとく生き延びてのし上がってきた人物であった。つまり、史実の劉備・関羽・張飛がすでにアウトロー的な性格を強く持っていたのである。一方の曹操は、宦官の孫という、当時「濁流」として蔑まれる立場ではあったものの、若くして官職につき、曹氏・夏侯《かこう》氏という勢力ある一族のリーダーという立場にあった。つまり三国志物語は、徒手空拳の劉備たちが、既得権益の代表である知識人曹操に戦いを挑み、敗北に次ぐ敗北を繰り返しながらも屈することなく、ついには皇帝を称するに至る物語なのである。

『三国志平話』における劉備・関羽・張飛、特に張飛はアウトローそのものであった。一例をあげよう。三国志物語の初めの方によく知られた「督郵《とくゆう》（県などの官吏を監督する官）を鞭打つ」という物語がある。この物語の原型となったのは、『三国志』『蜀書』巻二「先主伝（劉備の伝）」に見える話だが、そこでは安喜《あんき》県の尉《い》（警察・徴税担当の官）だった劉備が、面会を断られたのに腹を立てて督郵を鞭打ったとあり、実在の劉備が荒々しいアウトロー的人物だったことを示す逸話となっている。ところが『三国志平話』では、太守が劉備を侮辱し、それを聞いて怒った張飛が深夜に太守の家に潜入して一家を皆殺しにしたため、取り調べに督郵が派遣されるが、張飛は督郵も打ち殺してしまい、劉備・関羽・張飛は太行山《たいこうざん》（山西省の巨大な山脈。山賊が多いことで知られる）に「落草《らくそう》（山賊になること）」するという驚くべき展開になっている。その後朝廷から派遣された董成《とうせい》（史実及び『三国志演義』の董承《とうしょう》）の「招安《しょうあん》（山賊が朝廷に帰順して官軍に編入されること）」を受けて、劉備は官に復帰することになる。ここに見える「落草」「招安」という言葉は『水滸伝』のキーワードというべきものである。

つまり、『三国志平話』段階における劉備・関羽・張飛は、『水滸伝』の豪傑たちとほとんど同じ性格を持っていたのである。彼らアウトローを含む秩序外の人々の世界を「江湖《こうこ》」と呼ぶ。やはり『水滸伝』のキーワードであるこの言葉は、非定住民を主として指す。国家は土地と戸籍に基づいて人民を把握しているため、非定住民は課税の対象とはなりにくい。国家の側からすれば、税金を払わない人間を保護するいわれはないことになる。また、中央の支配を末端まで行き届かせることが困難な中国において体制が維持されるのは、氏族を核とする地域共同体が自治を担っていることに負うところが多いが、非定住民はそうした共同体からも排除されて、異物として社会的に差別される傾向にある。そうした彼らにとって信頼しうるのは信義を誓った仲間のみであり、彼らは義兄弟などの擬制的家族関係により相互を結びつけようとする。劉備・関羽・張飛が義兄弟の契りを結んだ「桃園結義《とうえんけつぎ》」こそは、その代表としてはるか後世に至るまで江湖の世界の模範とされるものであった。後述するように、『水滸伝』こそは江湖の民の物語なのだが、実は『三国志演義』の基底にもこの構造が横たわっているのである。

『三国志演義』は芸能で語られ演じられていた物語を、歴史書と組み合わせることによって作り上げられたものであった。定住することなく、不当な社会的差別を受けていた芸能の担い手は、もとより江湖に属する人々であった。芸能の世界における三国志物語は、演じ手たちと同じ江湖の世界の一員である劉備・関羽・張飛が、曹操に代表される定住民社会に戦いを挑み、敗北を重ねつつもついには皇帝にまで成り上がるという、江湖の民の神話ともいうべき性格を持っていたのである。これこそ三国志物語が芸能の世界で抜きん出た人気を得た理由であり、『三国志演義』が広く読まれた理由でもあったであろう。

しかし『三国志演義』になると、知識人の関与と歴史書の影響により、江湖色は薄れていくことになる。それを象徴するのは張飛の役割の後退である。江湖の世界の代表として天衣無縫の活躍をする張飛（雑劇などの芸能の世界では、彼は肉屋と設定されていた。前述したように、肉屋は当時不当な差別を受けていた）は、『三国志平話』や雑劇では主役といってよい活躍を示す。たとえば、三国志物語のクライマックスの一つ、虎牢関で劉備・関羽・張飛が豪勇無双の呂布《りょふ》と戦う「三戦呂布」の後に、『三国志平話』や雑劇では張飛が単独で呂布を打ち負かして冠を奪い取る「単戦呂布」が続いて

『三国志演義』（周日校本）「三戦呂布」の場面

いたのだが、『三国志演義』ではこの場面は抹殺されてしまう。「督郵を鞭打つ」物語も、無礼に怒った張飛が督郵を鞭打って半殺しにし、劉備と関羽に止められるという話に改められる。張飛の出番が削られる一方で、活躍が増えるのは知識人の諸葛孔明と、武人だが『春秋左氏伝』を愛読するという知識人的側面を持つ関羽である。『三国志平話』における孔明は「先生（道士のこと）」と表現され、赤壁の戦いで風を呼ぶことに示されているように、『水滸伝』の公孫勝《こうそんしょう》に似通った道教的要素を多く持つ魔法使であったが、『三国志演義』では歴史書の記述に基づき、重厚な儒教的知識人になる。江湖的要素は払拭されていくのである。

ただ、「桃園結義」を最大の前提とする以上、『三国志演義』が江湖の世界から抜け出すことは不可能であった。また、『三国志演義』の重要な受容者だったであろう武官たちは、官にあるいわば堅気の人間ではあるが、「好人は兵にならず」といわれる中国においては必ずしも尊敬される立場にはなく、末端の兵士はアウトローに近い存在であることも多かった。それゆえ『三国志演義』には体制に対する反抗という性質が残り続け、されればこそ人気を博し続けることになったものと思われる。

『三国志演義』の文章　『三国志演義』は白話小説といわれるが、白話は会話部分に見える程度で、その文章は基本的に平易な文言といってよい。ただ、前述したように版本によりその文章はかなり異なる。嘉靖壬午序本では巻十五に当たる「趙子龍漢水大戦」から、趙雲と黄忠《こうちゅう》の先陣争いの中で趙雲が副将張翼《ちょうよく》に命じる言葉について、嘉靖壬午序本と葉逢春本を比べてみよう。

(嘉)二人約定、　各回営中。　子龍与部将張翼曰、今黄漢升　約定明日去奪糧草。
(葉)二人約定了、子龍自回寨、　和副将張翼曰、今黄漢身ママ約定明日去劫粮。
若午時　　不回、我去救応。吾営前臨漢水、地勢危険、我若去　　時、汝可
如日当早ママ午不回、交我接応。吾当前臨漢水、地甚険悪、恐吾去接応黄忠時、汝可
謹守寨柵、不可軽動。張翼声諾。
緊守寨柵、不得軽動。張翼与子龍約会了。

明日黄忠が兵糧を奪いに行き、昼になっても戻らなければ趙雲が救援に行くことを決めた後、趙雲は張翼に、陣営は漢水に臨んでいて危ない地形なので、自分が出撃した後は軽々しく動かないように命じる。二つの版本の本文で語られている内容は全く同じだが、文章はかなり異なる。初めの二句を見ただけでも、嘉靖壬午序本は四字二句という安定した形態を取っていることがわかる。また葉逢春本は「接応（救援する）」という語が二回繰り返されているが、嘉靖壬午序本では二回目がない。更に葉逢春本がまた「交我接応（私に救援させる）」というのは、急に自分を対象とす

る使役表現が出てくる形でやや不自然である。また使役の"jiao"を「教」「叫」ではなく「交」とするのは、元に多く用いられた古い表記である。もう一つ、葉逢春本が黄忠を字で「黄漢升(原文は「身」に誤る)」といったり「黄忠」といったりするのは不統一であり、そもそも本人のいないところであっても「黄忠」と呼び捨てにするのは不自然であろう。更に不自然なのは、葉逢春本の最後に「張翼は子龍(趙雲の字)と約束いたしました」とあることである。趙雲の命令を聴いたのだから、嘉靖壬午序本のように「張翼は承知しました」と結ぶのが普通であろう。実は、このように一段落の終わりに文脈を無視して「〇〇は……いたしました」とまとめるのは、「全相平話」によくあるパターンなのである。

以上の比較だけからも、葉逢春本の方が古い形の本文を残し、嘉靖壬午序本はそれを洗練させたものであることは明らかであろう。「全相平話」以来の拙い叙述が次第に改善されていった過程をここから見て取ることができる。嘉靖壬午序本段階で、教養の高くない者でも読むことができる平易な文言文を確立したことこそが、『三国志演義』がなしとげた最大の成果であった。その一例として、第一部で『三国志平話』の本文を引いた赤壁の戦いのクライマックスをあげてみよう。偽りの降参をした黄蓋が曹操襲撃に出発するところから始めよう。

黄蓋は三隻目の火船の上で、胴鎧だけを着けて、手には鋭い刃をさげ、旗には「先鋒黄蓋」と大書しております。黄蓋は天に満ちる順風に乗って、赤壁めがけて出発いたしました。この時東風が大いに吹きはじめて、波が湧き立ってきました。曹操が司令部ではるかに望めば、長江のかなたにみるみる月が上ってまいりまして、長江の水を照らし輝かせて、さながら数知れぬ金の蛇が波に戯れるかのようです。曹操が笑いつつ満足満足と言っておりますと、突然一人の兵士が指さして申します。「長江の南にかすかに見える一群れの帆、風に乗ってまいります」。曹操が高いところから望めば、いずれも青龍の軍旗を挿している中に大旗があって、先鋒黄蓋の名が書かれていると報告がありました。曹操笑って、「公覆（黄蓋の字）が降参してきたとは、これは天がわしを助けてくれるというものだ」。やってきた船が段々近づいてまいりますと、程昱《ていいく》（曹操の参謀）は長いこと見ておりましたが、曹操に申し上げます。「まいりました船に偽りあるは必定、ひとまず陣営に近づけてはなりません」。曹操、「なぜわかる」。程昱、「兵糧が船の中にあるなら、重くて動きが鈍いはず。今まいりました船を見れば、軽くて動きがよい、おまけに今宵は東の風がきつうございます。もし偽計がございましたら、防ぎようがありません」。曹操、「そうだ。誰か止めに行け」。文聘《ぶんぺい》、「わたくしは水に慣れておりますので、行かせていただきます」。言い終わるなり、小舟に跳び乗って、手で指せば、十数ヶ所にいた巡視船が文聘の船に随って出てまいります。文聘は舳先《へさき》に立って大音声に叫びます。「丞相様のご命令だ。南の船はひとまず陣営に近づくでない。江の中に碇《いかり》を下ろせ」。兵士たちが声をそろえて「早く帆を下ろせ」と叫ぶその声も失せぬうちに、弓弦響くや、文聘は矢で左腕を射貫かれて船中に倒れました。船内は大騒ぎ、てんでに逃げ戻ります。船が曹操の陣営まで二里（一キロ強）の水面までまいりましたところで、黄蓋が刀を一振りすれば、前の船は一斉に火を吹きました。火は風の威力に乗じ、風は火勢に乗じ、船は矢が放たれたかの如く、煙と火が天にみなぎり、二十隻の火船は水上陣営に突入して、突っ込んだ先にみな釘付けになります。

何が起きたかわからない『三国志平話』の叙述と比較にならないことはいうに及ばず、黄蓋のひそかな動きに始まり、嵐の前の静けさともいうべき長江の夜景の美しさ、それを眺める曹操の得意が焦慮に一転する様、文聘が止めに向かってから火船突入までのスピード感、いずれも見事な叙述であり、全篇のクライマックスにふさわしい。しかも船列の組み方、敵の偽りの見分け方など、確かに実戦の経験に基づいて書かれているようで、戦術を学ぶ実用書という側面を持っていたこともうなずける具体的内容である。『三国志演義』には時に大砲が出現する。三国時代に大砲があるはずがない以上、当然時代錯誤ではあるが、これも明代の実戦を学ぶための叙述と考えれば、逆に出現するのがむしろ当然ということになるであろう。

こうして、芸能と歴史書を理想的に融合させ、史実をしっかり踏まえながら、おそらく軍隊の場で磨かれた武人から見ても的確な戦闘描写と、芸能に由来するであろう鮮やかな性格表現を持つ、読みやすい文言主体で書かれた作品が誕生した。当初はあくまで教養書・実用書であったこの書は、内容の面白さと表現の水準の高さゆえに、宦官の間で大変な人気だったと『酌中志』が述べているように、幅広い読者に愛されて、楽しみのために読む「小説」として受け入れられるようになる。郭勛によって文武官僚の間に広められた結果、知識人の間にも『三国志演義』の読者が出現し、後に述べるように、知識人の観点から更なる洗練を要求する動きも生じる。同時に、ここで確立された教養がなくても読みやすい文言に白話をまじえた文体は、以後読み物の基本アイテムとして用いられていくことになる。

だが、本来教養の高くない人々のために作られた『三国志演義』が、いかに出来がよくてもいきなり知識人に受け入れられたとは考えにくい。白話小説が知識人に受け入れられる上で決定的な役割を果たしたものこそ『水滸伝』であった。

（二）『水滸伝』

『水滸伝』とは？　『水滸伝』は、宋江《そうこう》をリーダーとする百八人の豪傑が、山東半島の付け根あたりにかつて存在した巨大な沼沢梁山泊《りょうざんぱく》にこもって、腐敗した政府に反抗する物語である。宋江は北宋末期に実在した人物であり、彼が三十六人の仲間（宋江を含んで三十六人かどうかははっきりしない）と各地を荒らし回ったことは各種の史料にも見える。ただその詳細は不明で、流賊だった彼らと梁山泊の関わりもはっきりしない。物語後半で描かれる宋江が官軍の将として反乱者方臘《ほうろう》を討伐したことも史料に見えるが、時期的につじつまが合わないため、宮崎市定氏は『水滸伝　虚構のなかの史実』（中公新書一九七二）で二人の宋江は別人だと論じているほどである。つまり史実をもとにしてはいるものの、その内容はほとんど歴史的事実と直接の関係を持つものではなく、その点で『三国志演義』とは決定的に性格を異にする。

宋江が活動した時期は北宋最末期に当たり、間もなく北宋は滅亡して、中国は金と南宋に分かれることになる。北宋末の反乱者は方臘をはじめ数多いが、首都開封に近い場所で活動していたためか、「宋江三十六」と呼ばれる集団は早くから伝説化し、彼らの物語は芸能の場で演じられていたようである。ただ、金と南宋は長きにわたって敵対していた別々の国である以上、宋江たちの物語はそれぞれで個別に成長することになる。

北方の金では、梁山泊は身近な場所であるだけに、リアリティのない展開は生じにくかったのであろう。それを反映しているものと思われる元雑劇の内容から見て、善人が悪人（しばしば権力者）に苦しめられているところに、かつてその善人から恩義を受けた梁山泊の豪傑が救いに現れ、悪人を成敗して梁山泊に帰っていくというほとんど同じパターンの物語がいくつも生み出されたようである。権力を笠に着て共同体をおびやかす悪が出現し、どこからともなく出現した正義の味方が悪を倒して、後腐れのないように去っていくというのは、西部劇や日本の股旅物でもおなじみの、万国共通といってよい類型である。金、更にモンゴル期の人々は、抗すべくもない権力の横暴に向かい合いながら、願望充足の物語として梁山泊の豪傑の物語にかなわぬ夢を託したのであろう。

一方南宋では、梁山泊が領内にないだけに、妄想は果てしなく広がることが可能になる。しかも、梁山泊は金に抵抗する宋の残党の根拠地でもあったから、梁山泊に悪しき権力に立ち向かう人々が集結するという物語は成長しやすい環境にあった。『大宋宣和遺事《だいそうせんないじ》』という書物は、北宋を亡国に導いた徽宗皇帝の一代記だが、その中に唐突に芸能における語りの形式を取る「宋江三十六」の物語が挿入されている。そのストーリーは、楊志《ようし》が花石綱《かせきこう》（徽宗が自分の芸術趣味を満足させるため、江南から花や名石を運搬させたこと。北宋滅亡の原因の一つとされる）運搬の過程で殺人を犯して流罪にされるが、十一人の仲間が途中で救い出して太行山で山賊になることが最初に語られるのを除けば、『水滸伝』前半の山場である晁蓋《ちょうがい》らによる生辰綱《せいしんこう》（奸臣蔡京《さいけい》への誕生祝い）強奪の物語とおおむね合致しており、『水滸伝』の原型を示すものと考えられる。そこでは楊志たちと晁蓋たちが「太行山梁山泊」というありえない場所で合流することになっており、これは北方の地理に疎い南宋で生まれた物語と考えると理解しやすい。『水滸伝』の官職なども基本的に南宋のものと合致しており、『水滸伝』は南宋の芸能の中で成長した物語を基本に生まれたものと思われる。

作者として常に名をあげられるのは施耐庵《したいあん》だが、この人物については羅貫中以上に何もわからないといってよい。ただ、『水滸伝』のテキストにはほぼすべて施耐庵の名が作者として示されているので、この名の人物がいて、『水滸伝』と何らかの関わりを持っていたのであろうと推定される程度である。施耐庵は元末明初の人といわれるが、これも確かなことではない。また、梁山泊に百八人が集結して以降の第七十二回以下を羅貫中の作とする例もあるが、前に述べたように羅貫中はほぼブランド化した名前であったらしく、これにもあまり信憑性はない。

つまり、『水滸伝』の成立事情は不明としかいいようがないのである。おそらく元末明初の頃に、施耐庵という人物が何らかの関わりを持ってこの作品の原型ができたのではないかと思われるという程度にすぎない。原型がいつできたにせよ、刊行された事実を確認できるのは明代後期になってからであり、その間おそらくさまざまな改変が加えられたと思われる以上、今日の形は明代後期にできあがったと見るべきであろう。

『水滸伝』の形式と内容　今日の形になった当初、『水滸伝』は二十巻百回という形を取っていたものと思われる。つまり、『三国志演義』のような巻形式を取りながら、その中は回に分けられていたようなのである。ただしこの形式の刊本は一部分しか現存せず、現存する完全な本の中では最も古いと思われる二種類の本、一部清代の補刻部分を持ちつつも最初から最後までそろった刊本としては最古と思われる石渠閣補刻本と、補刻がない完全な刊本としては最も古い容与堂本は、ともに百巻百回という不思議な形を取る。これは巻単位から回単位に移行する過渡期の状況を示すものであろう。その後に刊行された本にはもはや巻分けはなくなり回単位のみになる。その後、百二十回本、更には七十回本という改作版が出現するが、それについては後述することにしよう。

物語は伏魔殿の話から始まる。北宋中期、仁宗皇帝の時、道教の聖地龍虎山で、百八人の魔王が閉じ込められているという伏魔殿を大臣洪信《こうしん》が開けてしまったため、魔王が世に出るというものだが、これは後で附け加えられたプロローグであろう。第二回に入ると、まずごろつきの高《こう》俅《きゅう》が蹴鞠のおかげで徽宗のお気に入りになってあっという間に禁軍（正規軍）の司令官に収まることから始まり、高俅ににらまれた槍棒術師範の王進《おうしん》が母を連れて逃亡した先で巡り会った史進《ししん》に武芸を伝授して立ち去り、史進は山賊との付き合いがばれて逃れた先で魯達《ろたつ》に逢い、魯達は誤っ

『水滸伝』（容与堂本）第一回　伏魔殿の場面

て人を殺してしまったために五台山に逃れて出家して魯智深《ろちしん》と名乗り、魯智深は禁軍槍棒術師範の林冲《りんちゅう》と巡り会い……、という具合に、次々と主人公が入れ替わっていく。後に『儒林外史《じゅりんがいし》』において究極的な進化形を示すことになるこの形式は、輪がつながっていくように物語が連なっていくということで「連環体《れんかんたい》」と呼ばれる。これは、元来芸能の世界で独立して語られていた豪傑銘々伝をつなげることによって物語が成立したことを示すものであろう。

高俅の養子が林冲の妻に懸想したために、林冲は無実の罪に落とされて配流され、配流先にまで追いかけてきた刺客を倒して梁山泊入りする。梁山泊の頭領王倫《おうりん》は知識人崩れの小人で、自分より能力が上の林冲に地位を奪われることを恐れて受け入れようとしないが、他の頭領の取りなしで人の首を取ってくれれば仲間入りできることになり、やってきた旅人と切り結んだところ、その相手は楊志であった。続いてその楊志が刀を売ろうとして人を殺してしまうが、配流された先の長官に取り立てられて生辰綱を運搬することになり、その生辰綱を晁蓋らが強奪するいきさつが『大宋宣和遺事』の物語と多少変化した形で語られる。そして、晁蓋が首謀者なのが露見したことを管轄県の胥吏として知って、捕り手が向かうことを知らせに急行するという形で主役宋江がようやく登場することになる。

晁蓋たちは梁山泊に赴き、軍師役の呉用《ごよう》が林冲を唆して王倫を殺させ、晁蓋が梁山泊の主になるという形で、第二十回において物語の舞台としての梁山泊が成立する。その後、宋江は晁蓋らとの交流の秘密を守るため妾閻婆惜《えんばしゃく》を殺し、アウトローを保護している大貴族柴進《さいしん》のもとに身を寄せて、同様に柴進の厄介になっていた武松《ぶしょう》と巡り会い、ここから延々十回にわたって、虎殺しや潘金蓮殺しなど名高いくだりを多く含む武松の物語が語られて、豪傑銘々伝の末尾を飾ることになる。続いて、第三十二回で弓の名手花栄《かえい》を訪ねて清風寨《せいふうさい》に赴くところから始まって、宋江が各地を回って多くの豪傑と交わりを結び、第四十回において配流先の江州《ごうしゅう》(現在の九江《きゅうこう》)で酔っ

『水滸伝』(容与堂本)第二十三回　武松の虎殺しの場面

て謀反の詩を書いたために処刑されそうになった宋江を助けるため、梁山泊から晁蓋たちが駆けつけて救出、みなで梁山泊入りするところで、晁蓋・宋江による梁山泊体制が確立して第一部というべき部分が終わる。

その後、祝家荘《しゅくかそう》・曾頭市《そうとうし》という対立集団との抗争や、呼延灼《こえんしゃく》・関勝《かんしょう》らが率いる官軍との戦いの間に、新たな豪傑が続々と加わる一方で、晁蓋は曾頭市で矢に当たって命を落とし、宋江が大頭目、強引に仲間入りさせた盧俊義《ろしゅんぎ》が副頭目という形で、第七十一回において百八人がそろう。ここまでが第二部といえよう。

宋江は招安を受けようとして、蔡京・高俅たち奸臣の妨害を受けつつも、最終的に目的を達する。官軍に編入された百八人は、宋の宿敵遼を破り、続いて江南で大反乱を起こした方臘の討伐に向かう。対遼戦では一人も失われなかった仲間たちが、対方臘戦では戦闘や病気で次々に命を落とし、三十六人だけになってしまう。更に魯智深が悟りを開いて坐化《ざけ》（坐禅を組んだまま死んで仏になること）し、残る三十五人は散り散りになっていく。その中で、奸臣は依然として宋江たちを目の仇にし、まず盧俊義を毒殺した上で、宋江にも皇帝から下賜された酒だと称して毒酒を届ける。毒と悟った宋江は、自分の死後に、自身と一心同体ともいうべき乱暴者の李逵《りき》が謀反することを恐れて、呼び寄せて毒酒をともに飲み、二人は死ぬ。夢で二人に呼ばれた呉用と花栄が駆けつけて、後を追って死に、四人が神として祀られるところで物語は終わる。

刊行の事情　記録に残る最古の刊本は、さきにもふれた武定侯郭勛によるものである。前述の高儒『百川書志』と晁瑮『宝文堂書目』にはともに『水滸伝』が著録されており、後者にははっきり「武定板」と注記されている。高儒は郭勛と近い関係にあったことがわかっており、前者も郭勛の刊本である可能性が高いであろう。つまり、郭勛は『三国志演義』のみならず、『水滸伝』も文武官僚に配布していたことになる。

なぜ郭勛のような権力者が、『水滸伝』のような反権力の書を刊行し、配布したのであろうか。ここで想起すべきは、郭勛が武官の地位向上を目指していたことである。『水滸伝』の中には痛烈な文官・知識人批判が至るところに見える。梁山泊の最初の大頭目王倫が度量の狭い知識人として描かれていることは前述の通りであり、その他登場する文官は、ほとんどが悪人か貪官、もしくは無能な人物である。一方百八人の素姓は、純然たるアウトローを別にすれば、胥吏と武官が多く、その他の人物についても、登場する胥吏には非常に善良な人物が多い。

歴史書など文字の形になった記録を残すのは原則として知識人であり、その多くは文官である。それゆえ、文字に記録された中では、文官がいかに清廉であろうと、実務を取り仕切る胥吏の悪質さゆえに政治が悪くなるとして、胥吏は中国における政治腐敗の元凶とされる。また武官は、文官の統制に服さず、勝手な行動を取って問題を引き起こす存在として歴史書などに記録されがちである。しかし実際には、胥吏はしばしば文官から経済的奉仕を強要され、できなければ処罰されかねない立場であり、武官は実戦の場でも文官の統制に服することを求められ、失敗があれば処罰され、功績は文官のものになることに対して不満を抱いていた。つまり、武官や胥吏には彼らの側の言い分があるにもかかわらず、文字記録の世界はほとんど文官によって独占されているため、彼らは自分の立場を主張する機会に恵まれず、一方的に非難される位置に置かれてきたのである。『水滸伝』は、そうした武官や胥吏の異議申し立ての書という側面を持っている。

こう考えれば、郭勛が『水滸伝』を刊行し、周辺の武官、更には近い関係にあった文官にも配布した理由が見えてこよう。『三国志演義』の場合と同様、『水滸伝』は武官の立場を主張する書として刊行されたのである。そして第三十二～三十五回の清風寨物語に集中的に強烈な文官批判が見られること、続く第三十八回江州のくだりにおいて、宋江が李逵について、「真実不假（真実で偽りがない）」という正徳・嘉靖年間に流行しはじめた陽明学を象徴するような言葉で高く評価することから考えて、郭勛が刊行するに当たって、特にこれらの部分に大きく手が入れられた可能性が高いものと思われる。実際、『水滸伝』の文章はそれ以前の白話文とは全くレベルの違う水準を持っており、ある程度白話表現が成熟しつつあった時期に、すぐれた能力を持った書き手によって全体に修正が加えられたものと考えられる。

郭勛によって『水滸伝』が社会的に上層に属する人々に配布されたことは重大な結果をもたらすことになる。『水滸伝』は、この書を目にした知識人の一部に激しい衝撃を与えたのである。李開先『詞謔』にいう。

崔銑《さいせん》・熊過《ゆうか》・唐順之《とうじゅんし》・王慎中《おうしんちゅう》・陳束《ちんそく》は次のように言っていた。「『水滸伝』は委曲が尽くされ、一本筋が通っていて、『史記』以後ではこの書ということになる」。

ここで名があがっている顔ぶれのうち、世代が上の崔銑を除けば、すべて「嘉靖八才子」と呼ばれた当時一流の知識人であり、このことを記録している李開先自身も八才子の一人に数えられる。つまり、『水滸伝』は嘉靖八才子を中心とする一流知識人グループに愛読され、高く評価されていたことになる。彼らが『水滸伝』を目にした経緯については、唐順之が兵法書『武編《ぶへん》』を著し、倭寇《わこう》との実戦においても能力を示しているように、武官と近い関係を持っていたこと、李開先が郭勛と同時に失脚していることなどから考えて、郭勛が刊行した『水滸伝』を読んでいた可能性が高いであろう（李開先は現行『水滸伝』の成立にも関与したかもしれない。井口千雪「武定侯郭勛による『三国志演義』『水滸伝』私刻の意図」（『日本中国学会報』第七十一集（二〇一九年十月））及び拙著『水滸伝と金瓶梅の研究』（汲古書院二〇二〇）第六章「『金瓶梅』成立考」参照）。その他、書画の大家として名高い文徴明《ぶんちょうめい》は『水滸伝』全篇を手ずから書き写していたという（張丑『清河書画舫』巻十二上）。

では何が知識人たちを動かしたのであろうか。胡《こ》応麟《おうりん》『少室山房筆叢正集《しょうしつさんぼうひっそうせいしゅう》』巻二十五に見える次の記事がその理由を示しているようである。

今の世の人は『水滸伝』に熱中しており、文人士大夫にも結構愛好者がいる。ただこの書の構想は簡単に理解できるものではなく、世間の人はただ細かいところまで描写が行き届いていることを知るのみだ。

胡応麟は、世人は『水滸伝』の文章に感心するのみで、構想の巧みさを理解していないと慨嘆しているわけだが、これは逆になぜ『水滸伝』が当時の知識人に受け入れられたかを示すものである。知識人たちは、かつて文字の形で表現されたことのない事柄が、微に入り細を穿って表現されていることに衝撃を受けたのである。李開先が「委曲が尽くされ」というのもそのことを指すものであろう。では、その文章とはどのようなものなのであろうか。

『水滸伝』の文章　例として、『水滸伝』でも特に名高い第三回、魯達が「鎮関西《ちんかんぜい》（関西のボス）」と自称する鄭屠《ていと》（肉屋の鄭）をなぐる場面をあげてみよう。芸人の父娘が鄭屠に不当な扱いを受けていることを知って義憤に駆られた魯達は、金をやって二人を逃がすと、鄭屠の店に乗り込む。「提轄《ていかつ》」は魯達の肩書きである。

さて、鄭屠が開いている店は二間の間口、二枚の肉切りまな板、豚肉を四五切れ吊り下げてあります。鄭屠は店の前の帳場にどっしりすわって、十人ほどの店員が肉を売るのを見ております。魯達は店の前まで来ますと、「鄭屠」と呼びました。鄭屠、見れば魯提轄でしたので、あわてて帳場から出てくると、「提轄様、ご無礼いたしました」とあいさつして、すぐに手伝いの者に腰掛けを引っぱってこさせると、「提轄様お掛けください」。魯達は腰を下ろすと申します。「殿様のご命令だ。赤身を十斤、みじん切りに刻んでくれ。ちょっとでも脂身がまざってはならんぞ」。鄭屠が「おい、おまえたちいいのを選んで十斤切れ」と言えば、魯提轄が申します。「そんな薄汚い奴らに手を出させるんじゃない。おまえが自分で切ってくれ」。鄭屠、「ごもっともで。わたくしが自分で切らせていただくことにしましょう」と言うと、まな板の上で十斤の赤身を自分で選んで、細かく切ってみじん切りにいたします。

今日の我々は何気なく読み過ごしてしまうが、当時の人々にとってはこの叙述は驚くべきものだったに違いない。これ以前に中国ではおびただしい数の文献が書かれてきたが、肉屋の店先の様子、顧客と店の人間の対話を具体的に描いた事例はおそらく一つもないであろう。

この後、魯達は更に脂身をミンチにさせる。鄭屠は疲れいらだっているはずである。

鄭屠が「人をやって提轄様のかわりにお屋敷まで届けさせましょう」と言えば、魯達、「あとは小さい軟骨を十斤、やっぱり細かくみじん切りに刻め。ちょっとでも肉がまざってはならんぞ」と申しますので、鄭屠笑って、「もしかしてわざわざ私をなぶりにいらっしゃったんで」。魯達聞くや躍り上がって、かの二包みのみじん切りを手に持つと、目をむいて鄭屠を見ながら、「わしはわざわざおまえをなぶりに来たのさ」と言うと、二包みのみじん切りを真っ向から叩きつけます。その様さながら肉の雨が降るが如し。鄭屠は激怒して、二筋の怒りは足の裏から脳天までまっしぐらに衝き上げ、心の内なる無明の業火はめらめらと押さえることもできぬまま、まな板の上から骨をえぐり出す包丁をひったくると、トンと飛び出してまいります。魯提轄はとうに早足で通りの真ん中に出ておりました。ご近所の衆や十人ほどの店員も、前に出てなだめる勇気のある者はおりません。

挑発に乗った鄭屠を蹴倒した魯達は、罵りながらぶんなぐる。

ぼかりとただの一打ち、ちょうど鼻の上をなぐりますと、打たれて鮮血がほとばしって、鼻は向こうにひん曲がってしまいました。さながら味噌屋の店開き、しょっぱいのや、すっぱいのや、からいのやが、全部一度にあふれ出ます。鄭屠はもがいても起きられず、包丁も向こうに飛んでいってしまっていますので、口で「よくもなぐりやがったな」とわめくばかり。魯達、「くそったれが、まだ口答えしおるか」と罵ると、拳を振り上げて、目じりのあたり、眉の端にただの一打ち、打たれて目じりが裂けて目玉が飛び出しました。さながら布地屋の店開き、紅いのや、黒いのや、赤黒いのやが全部あふれ出ます。両側で見ていた人たちは、魯提轄が怖いものですから、誰も前に出て止めようとしません。鄭屠は耐えきれずに許しを求めました。魯達がどなります。「ちっ、このごろつきめが、もしおれとことんやり合おうってんなら許してもやろうが、何で許してくれなんて言うんだ。それじゃあわしもおまえを許すわけにはいかんな」とまた一発、こめかみの下の急所にまともに命中しました。さながらお寺をあげての法事、磬《けい》やら、鈸《はつ》やら、鐃《どう》やらが一斉に響きます。

『水滸伝』（容与堂本）第三回　魯達が鎮関西を打つ場面

鄭屠が死んでしまったことに気づいた魯達はあわてて逃亡することになる。

これ以前の文献に、やくざのけんかを描写した例はあるが、あくまで外面的描写にとどまるものであった。『董解元西廂記諸宮調』や元雑劇には例がないことはないが、それらはいずれも韻文によっており、このように散文で具体的に描写する事例はない。

ここで描写されているのは、簡単にいえば非常に世俗的な、庶民の世界の現実である。従来唯一の書記言語として用いられてきた文言は、そもそもそうした「雅」ではない現実を描くためのものではない。庶民生活のような、高級知識人の目から見れば低俗な事柄は、元来文字に記録すべきものとは認められず、記録のための言語である文言もこうした事象を記録する語彙を持ってはいなかった。『水滸伝』がそれを描きえているのは、いうまでもなく日常用いられる口頭言語の語彙を使用する白話によっているからである。『水滸伝』を読んだ一部の知識人は、新たな書記言語が持つ驚異的な表現能力に衝撃を受けたのである。では、なぜ彼らは、従来の高級知識人が認めようとしなかった俗語である白話を受け入れ、主たる関心の対象ではなかった卑俗な日常生活に興味を示したのか。更にいえば、なぜ彼らは自身が文官でありながら、知識人と文官を容赦なく批判する『水滸伝』を受け入れ、評価することができたのか。

『水滸伝』はなぜ知識人に受け入れられたのか　まず考えられるのは、前にも述べた明代士大夫の庶民性であろう。庶民出身者を含む明代の士大夫には、民衆の生活を身近に感じ、芸能にシンパシーを持つ者が多く含まれていた。庶民への関心は、庶民を描いた作品への関心、更には庶民生活を描きうる言語への志向をもたらすであろう。実際、漢代の文と盛唐の詩を絶対視して当時一世を風靡していた復古派のリーダーとして、いわゆる「前七子《ぜんしちし》」の筆頭に数えられる李夢陽《りぼうよう》（一四七二〜一五二九）は、自身の「詩集自序」において友人の口を借りて「真詩乃在民間（真の詩は民間にこそある）」、自身の詩は「真」ではなく、文人・書生が作る韻を踏んだ言葉の類にすぎないと述べた。これは、李夢陽が北辺の地の、祖父までは全くの庶民、伯父は任侠の徒という家に生まれたことと無関係ではあるまい。出自から考えて、幼い頃からなじんできたであろう民間の歌謡や芸能と、自身の詩を見比べる時、李夢陽には自身の詩は「真」ではないとどうしても感じられたのではないか。彼が盛唐詩の摸倣という極端な方向に走ったのも、「真」なる詩を書こうとすれば「真」なる詩を摸倣するしかないというせっぱ詰まった思いがあったのかもしれない。李夢陽のような出自の知識人にとっては、『水滸伝』のような作品は比較的受け入れやすいものだったであろう。しかし、「真」という語に着目すれば、別の見方も可能になる。

「真詩は民間にあり」という言葉は、李開先が自ら編集した俗曲集『市井艶詞《しせいえんし》』に附した序にも見える。李開先は唐宋八大家を重視する唐宋派の中心人物で、中唐以降の文学を基本的に否定する李夢陽とは完全に対立する文学観の持ち主であった。しかし、この点で両者の考えは一致する。なぜであろうか。

実は、明代後期において「真」とは時代を特徴付けるキーワードともいうべきものだったのでである。陽明学は嘉靖に先立つ正徳年間（一五〇六〜一五二一）に始まるが、王心斎《おうしんさい》に代表されるその過激な一派は、偽善を激しく憎んで「真」なることを情熱的に追い求めた。彼らの思想においては、利害得失を無視して正しいと信じる道に突き進むことを理想とし、人間の価値は知識教養にではなく人格にあるとされ、任侠的結合すら求められた。『水滸伝』の豪傑たちの多くがこれらの条件を具備していることは明らかであろう。わけても純粋無垢で、利害得失を一切考えず、正しいと信じる道に突っ走っていく魯智深は、こういう視点からすればほとんど理想的人物といってよい。『水滸伝』において、魯智深が悟りを開いて坐化することは、彼が百八人の中でも至高の存在であることを示すものである。それゆえ、『水滸伝』は陽明学過激派の思想を奉じる知識人のバイブルともいうべき書物となったのである。そうした知識人たちは、偽善の極みともいうべき文官たちにどれほど非難が向けられようと、共感こそすれ、反発するはずもない。

万暦年間になると、李卓吾（一五二七〜一六〇二）が陽明学過激派の代表として活躍し、学問や知識に汚される前の童心こそ至高であると主張する「童心説」において、『西廂記』『水滸伝』こそ童心から出た「天下の至文」だと論じるに至る。これは出版社にとっては非常に好都合な議論であり、大学者李卓吾先生のお墨付きを得たとして、以後「李卓吾批評」を称する白話文学作品が大量に出現することになる。こうした状況下にあって、『水滸伝』が知識人にまで広く読まれるに至ったのは、むしろ当然のことだったというべきであろう。

こうして、知識人は驚くべき表現能力を持つ白話文という新たな表現手段を獲得した。それを利用して、知識人の創作になる驚異の書が出現することになる。それは、『水滸伝』から出て、『水滸伝』によって完成された文体を使用しながら、真っ向から『水滸伝』を否定するものであった。『金瓶梅』である。

(三)『金瓶梅』

『水滸伝』と『金瓶梅』　『金瓶梅』とは、この小説に登場する三人の女性、潘金蓮・李《り》瓶児《へいじ》・龐春梅《ほうしゅんばい》から一文字ずつ取って組み合わせたものである。つまり、『水滸伝』のくだりで名をあげた潘金蓮が主役の一人であることになる。これはどういうことであろうか。

実は『金瓶梅』は、『水滸伝』のスピンオフとして生まれた小説なのである。『水滸伝』第二十四回から第二十六回にかけて語られる物語では、武松の兄武大《ぶだい》が、妻の潘金蓮とその密通相手の西門慶に毒殺され、武松が二人を殺して仇を報いることになっている。『金瓶梅』は『水滸伝』の中でも特に名高いこのくだりをもとにして、もし武松が二人を殺すのに失敗していたら……という設定のもとに書かれているのである。つまり、スピンオフというよりパラレルワールド小説といった方が適切であろう。もしかすると最古のパラレルワールド小説ということになるのかもしれない。

『水滸伝』の武松は冷静沈着な人物で、前もって証人を用意し、潘金蓮に自供書を書かせ、サインもさせた上で殺し、更に飲み屋にいる西門慶を襲撃し、格闘の末に倒して、証人ともども自首して出るのだが、『金瓶梅』の武松は粗暴で、まず西門慶のいる飲み屋を襲うが、武松が来るのに気づいた西門慶が逃げてしまうため、居合わせた無関係な人間を殺して流罪になる。無事生き延びた西門慶と潘金蓮はやりたい放題し放題……という次第で、以後西門慶とその六人の妻が描かれていく。更に、元来は金持ちの薬種屋にすぎなかった西門慶が、奸臣蔡京に付け届けをした報酬に武官の地位を手に入れると、西門慶の公的生活も描かれるようになり、彼が文官・武官・宦官と結託して利権を貪る様が赤裸々に描かれる。

物語にさしたる波乱はなく、第七十九回で潘金蓮に媚薬を与えられすぎたせいで西門慶が死ぬまでは、淡々とした日常描写が延々と続く。しかしそこからは、金と権力さえあれば何でもできる、逆にいえば金と権力がない者には救いはないという恐ろしい現実がありありと浮かび上がってくる。第七十九回で西門慶は死に、その後潘金蓮も戻ってきた武松に殺されるが、これも彼らの行為の報いというよりは、物語を終わらせねばならぬからそのように展開するようにも感じられる。終盤、西門慶の娘婿陳経済《ちんけいざい》と、かつて潘金蓮の腹心の召使だった龐春梅が、さながら西門慶と潘金蓮のエピゴーネンのような物語を展開するが、これも恨みを買った相手に陳経済が殺され、龐春梅が淫乱の果てに死んで終わり、最後に金の軍勢が侵入してきて、あらゆるものが崩壊していく中で物語は結末を迎える。

『金瓶梅』はしばしばポルノ小説のようにいわれる。そうした側面があることは事実だが、実際には性愛描写は全体の十分の一にも満たない分量を占めるのみである。むしろ、豪華な衣服や料理、演じられる芸能、宴会の次第などの描写の執拗さは、ほとんど当時の上流階級における生活マニュアルの観すらある。つまりこの小説に描かれているのは、食欲・金銭欲・権勢欲など人間のあらゆる欲望の諸相であり、性欲はその一環にすぎないのである。この小説においては、正義は何ら価値あるものとは認められない。第四十八回に登場する狄斯《てきし》彬《ひん》という地方官の紹介は、

『金瓶梅』(崇禎本)第七十三回　潘金蓮が西門慶に悪態をつく場面

この書の性格を最も顕著に示すものである。

人柄は剛直でまっすぐ、金銭を求めようとしません。取り調べのしかたが馬鹿みたいだというので、人はみな彼のことを「馬鹿の狄」と呼んでいます。

「取り調べのしかたが馬鹿みたい」というのは、剛直でまっすぐ、つまり圧力を受けても正義を曲げようとせず、金銭を求めないからであった。つまり、清廉潔白な官吏は馬鹿と呼ばれて嘲笑されるのが『金瓶梅』の世界なのである。何より恐ろしいのは、ここに描かれている世界がおそらく現実に近いであろうことにほかならない。『金瓶梅』は、義を貫く人々を描いた『水滸伝』を真っ向から否定し、現実を突きつける小説なのである。『水滸伝』の枠組みを利用した理由の一つはここに求められよう。ちょうど鶴屋南北が『仮名手本忠臣蔵』のスピンオフとして現実を赤裸々に描く『東海道四谷怪談』を書いたように、『金瓶梅』の作者は『水滸伝』の枠組みを借りて醜悪な現実を突きつけることにより、『水滸伝』の価値観を否定したのである。しかし、『水滸伝』を利用した理由は他にもありそうである。

誰が、何のために書いたのか?　『金瓶梅』は『三国志演義』『水滸伝』、それに次にふれる『西遊記』とは根本的に性格を異にする。「四大奇書」の他の三篇は、いずれも芸能(『三国志演義』の場合は歴史書も加わる）を基本にして作られたものであり、特定の作者がゼロから創作したわけではない。一方『金瓶梅』は、『水滸伝』を踏まえてはいるものの、反転する形で利用しただけで、一部の『水滸伝』本文を流用した部分を別にすれば、純然たる作者の創作物といってよい。つまり『金瓶梅』は、「四大奇書」の中でただ一つ、一人の作者が原稿に向き合って創作するという生成過程を経て生まれた作品であり、その意味で、少なくとも長篇小説についていえば中国最初の近代小説と呼びうるものである（最後の部分は他の人物の手になるという説があり、その可能性も否定しきれない。その場合は作者は二人となる）。他の三篇のように一定の間隔で読者の興味を引きつける山場を設けることもなく、延々と日常生活の描写が続き、実生活においてそうであるように、その中でさまざまな事件が散発的に発生していくこと、内容に救いがなく、読んでもカタルシスを得ることができないことなども実に近代的といってよい。そして、小説全体を通して描かれるのは、この恐ろしい社会そのものの実相である。

文章の水準も驚くべき高さにある。しばしば『金瓶梅』の文章は自由闊達な『水滸伝』の文には及ぶべくもないと評価されることがあるが、もとより天衣無縫の豪傑の活躍を描く『水滸伝』と、日常生活を執拗に描く『金瓶梅』を同じ土俵で比べることができようはずもない。『金瓶梅』において特筆すべきは、登場人物がかわす会話の水準の高さである。『水滸伝』においては、登場人物が語る言葉は、身分や性別の影響をあまり受けず、上流階級の人物も、召使やアウトローも、ほぼ同じような語彙や表現を用いて会話する。『金瓶梅』は全く異なる。『金瓶梅』においては、知識人は知識人、女性は女性、召使は召使の言葉で会話する。当然俗語の割合は後ほど高くなるので、今日の人間にとっては、女性の会話部分はかなり理解しにくい部分を含み、召使の言葉は更に難解ということになる。これが『金瓶梅』を読みにくくする大きな要因となっているのだが、それぞれの人物に、その人物が実際に用いるであろう言語で語らせるというこの試みは、リアリズムという面で重要であるのみならず、俗語を避けずに用いることによって各人物の性格を鮮やかに表現するという点で画期的な意味を持つ。

つまり『金瓶梅』は極めて近代的な性格を持つ、裏返していえば、当時にあっては生まれがたかったはずの作品なのである。しかも、作者は上流階級の生活や官界の状況を熟知しており、北宋期の歴史的事実についても深い知識を持っていた形跡があり、また驚くべき高いレベルの白話運用能力を身につけている。いったい誰が、何のためにこのような不思議な小説を創作したのか。長篇白話小説はあくまで読み物、もしくは教養書であり、今日のように芸術的衝動に駆られて創作する対象ではありえなかった時代に、なぜこのような作品が生まれえたのか。

こうした疑問は早くから抱かれていたらしく、早くから王世貞《おうせいてい》(一五二六~一五九〇)が『金瓶梅』の作者だという説がささやかれていた。王世貞は、詩文においては「後七子《ごしちし》」の筆頭として復古派の中心人物、また歴史学にも大きな業績を残し、官僚としても高位に上った、明代後期を代表する大知識人といってよい。王世貞の父王忬《おうよ》(一五〇七~一五六〇)は対倭寇・モンゴルの軍事畑で活躍した高級官僚だったが、アルタン・ハーンの大侵入を許した責任を問われて処刑されている。清代に広まった説は、王忬の失脚に当たって重要な役割を果たした唐順之、もしくは当時権力を握っていた厳嵩《げんすう》を裏で動かしていた息子厳世蕃《げんせいはん》に復讐するため『金瓶梅』を書き、ページに毒を染みこませた上で、めくる時指に唾をつける癖がある相手に贈って毒殺したというものである。実際は厳世蕃は公開処刑され、唐順之は倭寇と戦う船中で病死しているので、この説は当然否定されることになった。

以後『金瓶梅』の作者に関する論争が始まり、李開先・馮夢龍《ふうぼうりゅう》のような有名人も含め、多くの名が取り沙汰されてきた。筆者は当初この問題について、結論を得られる見込みはないと考えて論争に参加する意図はなかったが、その後荒木猛氏が『金瓶梅研究』(思文閣出版二〇〇九)において、『金瓶梅』には嘉靖年間に活動した実在の人物の名前が多数見えることを指摘していることに触発され、『金瓶梅』登場人物の人名について、明朝政府の公式記録である『明実録《みんじつろく》』などをすべて調査し、『金瓶梅』の内容とあわせて検討した結果、一つの結論を得ることができた。

その詳細についてはさきにもあげた拙著『水滸伝と金瓶梅の研究』第六章「『金瓶梅』成立考」を参照されたいが、作者は嘉靖年間当時実在の人物の名前を登場人物に与え(たとえばさきにふれた狄斯彬と同名の人物が嘉靖二十六年(一五四七)に進士になっている)、更に物語の中で宋代の出来事として述べられる事柄に嘉靖年間の事件を暗示する内容を含ませ、事情に通じた人間が読めばわかるように篇中至るところに手がかりを忍ばせていることが明らかになった。作者が利用している宋代の史料の中には、当時にあっては容易に入手できないものが含まれている点から考えて、作者は多くの書物を利用できる立場にあり、かつ非常に高水準の白話運用能力と文学的センスを身につけた人物であった。

『金瓶梅』が暗示しているのは嘉靖当時の政界の状況であり、そこで攻撃の対象となっているのは『水滸伝』に関する説明で名をあげた人々、唐順之・李開先らのグループ、それに武定侯郭勛である。西門慶は山東清河《せいか》県で警察権を握る武官として活動しているとされるが、そのような田舎町にこうした存在がいるはずもなく、荒木氏が指摘しているように、『水滸伝』を踏まえる関係上山東とされてはいるが（ただし武松の出身地清河県と事件が起こる舞台である陽穀《ようこく》県が『金瓶梅』では逆に置き換えられている）、実際には西門慶は北京の秘密警察錦衣衛の高官と設定されているものと思われる。郭勛と親しく、『水滸伝』『三国志演義』を所有していた高儒が錦衣衛高官だったことはすでに述べた通りである。このように考えると、『金瓶梅』が『水滸伝』のパラレルワールド小説であることの意味も見えてくる。『金瓶梅』は、『水滸伝』の主張を真っ向から否定して現実を突きつけ、その中で武官がいかに醜悪な行動を取っているかを暴露した小説なのである。

では、誰がこれを書いたのであろうか。唐順之は王忬失脚に当たって重要な役割を果たした人物であり、李開先はその親友であるとともに、郭勛とも関係を持ち、『水滸伝』制作にも関与した可能性がある。唐順之・李開先の周辺の文官には軍事行動に関わった人物が多く、武官と密接な関係を持ち、軍事の失敗ゆえに処刑された王忬の失脚に関わった可能性がある。一方、清官とされる狄斯彬が合格した嘉靖二十六年の科挙の合格者と同名の人物が多く登場する。そしてこの年の合格者には王世貞も含まれている。

以上の事実と、王世貞がやはり嘉靖年間の時事を題材とした戯曲『鳴鳳記《めいほうき》』の作者ともいわれ、すぐれた文才のみならず、白話運用能力にも長けていたであろうことを考え合わせると、『金瓶梅』は王世貞、もしくはその身近にいた人物の手になる可能性が高いものと思われる。結局、古くからいわれてきた作者が間違っていなかったというところに落ち着くのではなかろうか。

もしこの考えが正しければ、『金瓶梅』があそこまで現実を赤裸々に描きえた理由は明らかになる。創作目的が高級武官やそれと結託した文官の非難攻撃にある以上、彼らの生活の実態を暴露するために手心を加える必要はない。作者はとことん実態を暴くため、醜悪な現実を書き綴り、おそらくは本来の目的を逸脱してその行為に耽った結果、このような異様な小説ができあがったのではないか。


『金瓶梅』の文章　さきに述べたように、『金瓶梅』の文章にあっても、特に会話による性格描写は出色のものである。次に、第二十六回から何気ない会話をあげてみよう。

西門慶は、召使来旺《らいおう》の妻宋恵蓮《そうけいれん》をわが物にしようとして、邪魔な来旺を始末するため無実の罪に落とす（無実の罪に落とすくだりは、『水滸伝』第三十回において武松が無実の罪に落とされる場面の文章を意図的に流用している）。すでに西門慶と関係していた宋恵蓮は、すぐ西門慶になびくかと思えば、意外にもひどく悲しんで、色仕掛けで西門慶に迫り、来旺を釈放すること、自分には家を買って住まわせることを約束させる。それを聞いた第三夫人の孟玉楼《もうぎょくろう》は、第五夫人の潘金蓮に早速知らせる。

「……あんたやわたしとご同様なんてとんでもないことになって、大ねえさん（第一夫人呉月娘《ごげつじょう》）だって口出しできなくなっちまうわ」。潘金蓮は聞かなければそれまでのこと、聞いてしまえばこれが本当の「怒り胸に満ちてやり場もなく、両の頰には紅の上にまた紅加わる」と申すもの、言いますには、「本当にあいつの好きにさせようっての。馬鹿言うんじゃないよ。今日はあんたにはっきり言わせてもらうけど、あたしがもしあのくそ奴隷のすけべえ女房を西門慶の七番目の女房にさせるなんてことになったら、大口叩くわけじゃないけど、あたしはこの『潘』の字をさかさまにしてやるわさ」。玉楼、「旦那はなっちゃいない、大ねえさんも口出ししないっていうんじゃ、わたしたちは歩けはしても飛べやしないってのに、何ができるっていうのよ」。金蓮、「あんたもだらしないにもほどがあるよ。こんな命なんか惜しいもんか、百まで生きたって肉にされて食われるのが落ちってもんよ。あいつがもしあたしの言うことをきかなけりゃ、あたしはこの命投げ出してあいつの手の中で命のやりとりしたって全然構やしないんだから」。玉楼笑って、「わたしは小心者だから、あの人を怒らせる度胸なんかありませんよ。あんたがあいつに絡みつく腕前のほど見せてもらいましょ」。

第五夫人の潘金蓮は向こう意気が強く、頭にくると歯止めがきかずにとことん相手をやっつけるタイプ、一方第三夫人の孟玉楼はもの柔らかな態度で誰とでもうまくやっていける賢い女性である。ここでは、いかにも好感の持てる孟玉楼の賢さが、実はずるさと裏腹であることが描かれている。宋恵蓮が寵愛を受けて第七夫人になることは、孟玉楼・潘金蓮いずれにとっても、西門慶の寵愛を奪われる危険性があるため望ましくないことである。しかも宋恵蓮は奴婢身分(中国では家庭内の使用人は売り買いされる奴隷の身分であった)でありながら、西門慶の寵愛を笠に着て出過ぎた振る舞いが多く、二人とも不快に感じていたところであった。それゆえ孟玉楼も宋恵蓮が第七夫人になることを望んではいないが、表立ってそれを邪魔立てして恨みを買うことも避けたい。そこで潘金蓮に情報を伝えた上で、自分には手出しは無理と言うことによって、巧妙に潘金蓮を誘導して、西門慶の考えを変えさせるのである。

自分を控えめな人間に見せつつ巧妙に潘金蓮を誘導する孟玉楼の態度は、『水滸伝』において狡知に長けた呉用が林冲を巧妙に誘導して王倫を殺させる場面を連想させるが、実は『金瓶梅』全体を見れば孟玉楼は決してずるい人間として造形されてはおらず、むしろ円満な性格の肯定的人物とされる。つまりここに描かれているのは、円満な人物が円満さを保つために時に示す狡猾さなのである。一方、潘金蓮の猛烈な口調(俗語が多く、この訳の正確さには確信が持てない)は、自分をなめる者は絶対に許さない攻撃的な女性の性格を鮮やかに示している。

このように『金瓶梅』においては、さりげない会話によりそれぞれの人物の性格が鮮やかに描き出されている。しかもその性格は一面的ではなく、さまざまな面をあわせ持ちながら、全体として矛盾なく統一の取れたものになっている。この場面で話題となっている宋恵蓮はその好例である。この回以前の宋恵蓮は、美人だが軽薄で尻軽な女として描かれ、西門慶とも簡単に関係を結んで奥様気取りになる。そこで、西門慶は夫さえいなければ当然自分のものになると考えて来旺を罪に落とすのだが、意外なことに宋恵蓮は激しく悲しみ、夫が釈放されるよう手を尽くし、自分が知らない間に来旺が流罪になったと知ると自殺を図る。その時は見つけられて命を取り留めるが、その後来旺と関係のあった第四夫人孫雪娥《そんせつが》とけんかをした末に、首を吊って死んでしまう。ここで、この卑小な小人物の魂に真実が宿っていたことが初めて明らかになるのだが、それは死によって証されるものであり、しかも彼女の死は周囲にほとんど影響を及ぼすことなく、西門慶の家の生活は何事もなかったように進んでいく。

このように『金瓶梅』は、さまざまな人物を多面的に描くことにより、類型的ではない深みのある人物造形を行い、そうした人々を絡み合わせつつ、金と権力がすべてを支配する非情な社会の実態を暴露したのである。そこで主たる攻撃の対象となったのは高級武官であった。こうして、白話を駆使した世俗的な事象の精密な描写という武器を『水滸伝』から学んだ『金瓶梅』は、その武器を利用して『水滸伝』の世界を否定したのである。

その刊行　現存する『金瓶梅』の初期刊本には、刊行に関わる情報が一切記されておらず、刊行者や刊行時期も不明である。最古の版本は『金瓶梅詞話』と題する。『成化説唱詞話』に見られるように、「詞話」とは語り物のことである。実は『金瓶梅詞話』においては、多くはないものの、時として登場人物のセリフがうたになっていくことがあり、ある程度「詞話」の性格をも具えているのでこのような題をつけたものと思われる。

　万暦年間に異常なまでの好奇心でさまざまな話柄を書き付けた沈徳符《しんとくふ》（一五七八〜一六四二）の『万暦野獲編《ばんれきやかくへん》』巻二十五「金瓶梅」によれば、詩人として名高い袁宏道《えんこうどう》から、錦衣衛高官劉承禧《りゅうしょうき》の家には完全なテキストがあるということを聞いていたが、万暦三十七年（一六〇九）に袁宏道の弟中道《ちゅうどう》が全巻を持っていたので写させてもらったという。つまり、初期段階の『金瓶梅』は写本の形で知識人の間で読まれていたことになる。その後沈徳符の友人だった後の白話文学界の大立者馮夢龍（一五七四〜一六四六）が出版を勧めたが、沈徳符は拒否した。しかし間もなく蘇《そ》州《しゅう》で刊行されていたという。

　この記述は馮夢龍が刊行に関わったことを示唆するように見えるが、確かなことはわからない。ただ、沈徳符によれば刊行後すぐにベストセラーになったとのことであり、写本段階でかなり評判になっていたため、刊行されるとすぐに人気を博したものと思われる。刊行者などが一切記されていないのは、書物の性格上当然のことであろう。こうして、『三国志演義』『水滸伝』のように大っぴらにではないが、『金瓶梅』も世に広まっていくことになる。

『水滸伝』との関係上、先に『金瓶梅』について語ることになってしまったが、「四大奇書」の残り一つを無視するわけにはいかない。『西遊記』である。

(四)『西遊記』

『西遊記』とは?　『西遊記』は、おそらく「四大奇書」の中でも最も幅広く知られている作品である。中国はもとより、日本においても『西遊記』は絵本、小説、漫画、ドラマなどさまざまな形に改変されて広く親しまれている。立場や年齢を問わず広く愛されているという点で、『金瓶梅』とは対照的といってよい。

これも歴史的事実に基づいているという点では『三国志演義』と同じだが、史実とほとんどかけ離れているという点では『水滸伝』に通うかもしれない。玄奘三蔵《げんじょうさんぞう》(六〇二～六六四)が唐代初期にインドに赴いて大量の経典を持ち帰ったことは歴史的事実である。しかしこの事実は次第に潤色されていったらしく、南宋の杭州で刊行された『大唐三蔵取経詩話』という書物においては、三蔵の護持者として猴行者《こうぎょうしゃ》という超能力を持った猿が登場し、さまざまな冒険を経て唐に経典を持ち帰ることになっている。この書物は詩を含む語り物のスタイルを取っており、おそらく当時の芸能を反映したものと思われるが、猴行者こそ登場するものの、記述はごく簡略で、後の『西遊記』に結びつく要素は少ない。

元に入ると、この時期高麗《こうらい》で刊行された中国語会話テキスト『朴通事《ぼくつうじ》諺解《げんかい》』の中のスキットに、二度にわたって『西遊記』のことが見え、本屋で『西遊記』という書物を見るくだりでは、後に引く車遅《しゃち》国《こく》の物語の概略が語られる。その内容が現行の『西遊記』にかなり近いことから、元代にはある程度今の形に近い『西遊記』ができあがっていたものと思われる（同書の注釈は更に詳しく『西遊記』の内容を紹介するが、これは元のものとは限らないかもしれない）。ただ、現存するのは明代後期、万暦年間以降の刊本のみである。

ほぼ完全な形で現存する最古の『西遊記』刊本である世徳堂本には万暦二十年（一五九二）の序があり、おそらくこの頃刊行されたものと思われる。全体は『水滸伝』『金瓶梅』同様百回からなり、孫悟《そんご》空《くう》の誕生から始まって、以下第七回までは孫悟空が天界を騒がせた末に、釈迦如来によって五行山に閉じ込められるまでを語る。この部分は『西遊記』の中でも最もよく知られたくだりではないかと思われるが、『西遊記』の中で占める割合は十分の一にも満たないことになる。その後唐の太宗が地獄に行き、そこで会った崔判官の言葉に応じて大法会を開くこと、そこで導師をつとめた玄奘三蔵が、現れた観音菩薩の示唆を受けて取経に向かう決意をすることが語られ、第十三回で出発した三蔵が、以下孫悟空・猪八戒《ちょはっかい》・沙悟浄《さごじょう》を次々と弟子にするとともに、西海龍王《せいかいりゅうおう》の子も三蔵の乗る白馬に変身して同行することになり、以下第九十八回で西天大雷音寺に到着するまで、さまざまな妖怪などとの戦いを乗り越えて旅を続ける様が描かれる。

誰が作ったのか？ 『西遊記』の作者として常に名をあげられるのは呉承恩《ごしょうおん》である。呉承恩は歴とした士大夫であり、羅貫中・施耐庵のような正体がはっきりしない人物ではない。そういう点からするとこの説は根拠があるもののように見える。ところが、『西遊記』の古い版本に作者として呉承恩の名をあげるものはない。これは『三国志演義』の羅貫中や『水滸伝』の施耐庵とは決定的に異なる点である。呉承恩が『西遊記』の作者とされるのは、胡適《こせき》「『西遊記』考証」と魯迅《ろじん》『中国小説史略』に始まる。胡適と魯迅は呉承恩の出身地淮安《わいあん》のことを詳しく記した『淮安府志』に見える文人呉承恩の著作目録に『西遊記』があることを根拠に、呉承恩を『西遊記』の作者と認定したのである。しかし、全真教の丘処機《きゅうしょき》がチンギス・ハンを訪ねるサマルカンドへの旅の記録を『長春真人西遊記《ちょうしゅんしんじんさいゆうき》』と題するように、西方への旅行記であれば『西遊記』と題されうる以上、呉承恩の『西遊記』がこの小説であったという保証はない。

この問題については多くの議論がなされてきた。現在では呉承恩を作者とは認めない意見の方が主流を占めているが、一定の関係性を認める意見もある。この点については、現段階では確かなことはいいがたい。ただ、仮に呉承恩が関わっていたとしても、その役割はとりまとめ役という域を出るものではなかったであろう。元の段階ですでにかなり物語ができあがっていたことから考えても、現行の『西遊記』は、すでに存在したものを明代中期以降にまとめ直したものと見るべきであろう。

制作目的についても、この書には錬金術の秘密が隠されているとする中野美代子氏の説（『西遊記の秘密――タオと煉丹術のシンボリズム』（福武書店一九八四、後に岩波現代文庫二〇〇三）など、さまざまな意見がある。これについても確かなことはいえないが、内容から考えて、一定の宗教的目的を持っていた可能性は高いであろう。観音菩薩と太上老君《たいじょうろうくん》（老子《ろうし》）がともに三蔵一行を救いに来るように、仏教と道教が混淆した世界のようだが、道教の神々がどうしても降すことのできなかった孫悟空を、釈迦如来がいとも簡単に捕らえることに示されているように、仏教が上位に置かれていることは間違いない。

その特徴　前述の通り、『西遊記』の八割近くは西天への旅に占められており、『西遊記』は妖怪退治の冒険を重ねていくロード・ノベルと見える。物語はほとんど類型的な繰り返しからなるといってよい。さまざまな場所に行くたびに、妖怪の類（人間のこともあるが）が現れ、多くの場合三蔵がさらわれ、悟空と八戒が救出に赴く。苦労の末、ようやく妖怪を退治できるかとなった時、突然観音菩薩や太上老君、あるいは太白金星《たいはくきんせい》などが現れて、「実はその妖怪は元来天界の者で……」と説明されて、問題は解決される。つまり悟空たちが自身で問題を解決することはあまりなく、多くはデウス・エクス・マキーナの登場により事件が解決するという形態を取る。

　このようにパターン化した内容の繰り返しであるにもかかわらず、『西遊記』は終盤まで飽きずに読むことができる。これは、最後の部分が面白くないことで定評がある『三国志演義』『水滸伝』、そこまではいかないが西門慶死後はやはり精彩を欠く感のある『金瓶梅』とは対照的といってよい。なぜ一見同じパターンの繰り返しと見える『西遊記』が最後まで面白さを失わないのであろうか。

第一にあげるべきはそのユーモアであろう。『西遊記』は妖怪・冒険小説と見なされがちであり、実際妖怪退治の冒険が面白く語られているのは事実だが、だからといって妖怪物・冒険物の小説といってしまうのはためらわれる。『西遊記』の一番の魅力はそのユーモアにこそある。三蔵・孫悟空・猪八戒のやりとりは漫才を思わせるもので(突っ込みが悟空、ボケが八戒、三蔵は状況に応じてボケにも突っ込みにもなる。沙悟浄のみあまり出番がないが、ある意味究極的なボケ役といってよいかもしれない)、新しいパートにさしかかると毎回のように三蔵が「妖怪が出そうだから気をつけるのだぞ」と言い、悟空が「お師匠さんは『般若心経』を忘れちまったんですか」などと混ぜ返すと、八戒が横から茶々を入れる……という類型的展開が繰り返される。しかし、これがむしろいわゆる「お約束」として、微妙な違いで読者の笑いを誘うことになっているのも、漫才などの芸能を思わせるものである。ユーモラスなやりとりは、一行の間だけではなく、妖怪との間でもかわされ、至るところで人を食った展開が笑いを誘う。第四十五回から一例をあげてみよう。

車遅国にたどりついた一行は、虎・鹿・羊が化身した三人の道士が国王をたぶらかして仏教を弾圧しているのを見て、仏教と道教の勝負を挑む。悟空は超能力で対処するが、虎道士が五十の椅子を積んだ上で坐禅を組む勝負を挑んでくると……

それを聞いた行者(悟空のこと)は、考え込んで返事をしません。八戒、「あにき、何でものを言わないいんだね」。行者、「おとうと、実のことを言うとな、天に飛び地に潜り、海をかき混ぜ川をひっくり返し、山をかついで月を追い、北斗を取り換え星を移すってな巧い仕事はみんなできるし、たとえ首を斬られたり、腹を裂いて心臓えぐられるなんてとんでもない技だって怖かあないんだが、坐禅ってことになるとおれは負けちまうぜ。おれがじっとしていられるわけないだろ。たとえ鉄の柱に縛り付けられたって、それでもおれは上に行ったり下に行ったり動き回っちまうんだから、じっとしてるなんて考えられないよ」。三蔵が突然申します。「私は坐禅ができる」。行者喜んで、「そりゃいい、そりゃいい。どれぐらいすわれますか」。三蔵、「私は幼い頃に世俗離れた禅僧にお会いして、生命の根本の上に精神を定めておけば、生死の境にあっても、二、三年でもすわれると教えていただいたのだ」。行者、「お師匠様が二、三年もすわってたら、おれたちはお経を取りに行けなくなっちまいますよ。多くても四、五時間にならないうちに下りられますよ」。三蔵、「悟空、でも上がれんがなあ」。行者、「あなたが相手になるって言ってくださったら、おれが上まで送りますよ」。

何でもできる孫悟空が、じっとしていられないという唯一の欠点を白状すると、普段何の役にも立たない三蔵が突然自分にはできると申し出るのが絶妙で、セリフの短さ（原文は「我会坐禅」）も唐突感をあおる。三蔵の言葉を受けての悟空のセリフも、超俗的な言葉に世俗の常識を当てはめた落差から生じるおかしさがある。この後、三蔵を見守るため悟空がセミになって近くに飛んでいくと、下で見ていた鹿道士も自分の髪の毛を抜いて南京虫に変えて三蔵の頭を咬ませる。三蔵がかゆいのに身動きできずに苦しんでいる様子を見て……

八戒、「まずいぞ。お師匠様がてんかん起こしちまった」。沙悟浄、「違うよ。頭痛が起きたんだ」。行者聞いて、「おれのお師匠様は誠実な君子だ。あの人が坐禅できるって言ったからには絶対坐禅できる。できないと言ったらどうしたってできない。君子が嘘なんかつくもんか。おまえら二人は黙ってろ、おれが上がってって見るからな」。あっぱれ行者、ブンと唐僧(三蔵のこと)の頭まで飛んでまいりますと、豆粒ほどの南京虫が一匹、お師匠様を咬んでおりますので、あわてて手でひねりつぶして、お師匠様を掻いてあげます。かの長老(僧侶のこと、つまり三蔵)は痛くもかゆくもなくなりましたので、上に端坐しております。行者がひそかに思いますには、「坊さんの頭はつるつるだから、シラミの一匹もとまれやしないのに、どうしてこんな南京虫がいるんだ。あの道士がインチキやってお師匠様をやっつけようとしたんだな。ハハ、残念ながら勝負はつかんよ。この孫さんがあいつをいたぶってやろう」。行者は飛んでいって獣(虎道士のこと)の頭の上に下りると、体を揺らせて一変化、七寸もある長いムカデに変身すると、いきなり道士の顔を一咬みすれば、道士はすわっておられず、とんぼを打って転落、危うく命を落とすところでしたが、幸い役人たちに大勢で助け起こしてもらえました。

『西遊記』（世徳堂本）第四十五回　車遅国での静坐比べ

八戒と悟浄がお約束通りとんちんかんな意見を言えば、悟空が返す言葉は三蔵への絶対的信頼を示して、自由を何より愛するはずの悟空が三蔵には服する理由を明らかにし、続く三蔵を掻いてあげるくだりの献身ぶりを導いて味わいがある。その後の坊さんの頭はつるつるだから虫はとまれないはずと、一見もっともらしいが実は理不尽な理屈を展開する悟空のセリフは、『西遊記』には多く見られるもので、この小説特有の人を食ったユーモアの一パターンである。

『西遊記』が最後まで面白く読めるもう一つの理由は、この小説がビルドゥングス・ロマンとしての性格を持っている点に求められよう。旅を続けるうち、三蔵と孫悟空が確実に成長していくことがしっかり書き込まれているのである。終わりも近い第九十三回を見よう。前途に高い山があるのを見た三蔵がお約束通り怖がって道のりの遠さを嘆くと、悟空がこれもお約束通り『般若心経』を持ち出す。

行者、「お師匠様、あなたまた烏《う》巣禅師《そうぜんじ》（三蔵に『般若心経』を授けてくれた人）の『心経』を忘れちまったりなさったんですか」。三蔵、「『般若心経』はわが身から離れることなき教え、烏巣禅師様が教えてくださってから、一日たりとも唱えぬことはなく、一日たりとも忘れたことはない。さかさまにでも唱えられるものを、忘れるわけなかろうが」。行者、「お師匠様は唱えられるだけで、あのお師匠様にお願いして理解させてもらったことはないでしょう」。三蔵、「サルめ、何でまた私は理解できていないなんて言うんだ。おまえにはわかるのか」。行者、

「私にはわかりますとも、わかりますとも」。それからは三蔵も行者もそれ以上口をききません。横では八戒が大笑い、沙僧(悟浄のこと)が大喜び、八戒が申しますには、「えらい口ききやがる。おれ同様の妖怪の出で、お経の講義を聴いたことがあるどこぞの見習い坊主でもなけりゃ、説法見たことのあるどこぞの法事専門坊主でもないくせに、いい加減なこと言って、かっこつけて、『わかりますとも、わかりますとも』とか言って、なんでそのままものを言わなくなっちまうんだ。講義を聴かせてもらおうか、説明してくれよ」。沙僧、「二のあにき、あんたもあいつのこと信用するのかい。大あにきはでかい口叩いてお師匠様をだまして先に行かせようってんだよ。あいつは棒振り回すことならわかってるだろうけど、お経の講義なんかわかるもんかよ」。三蔵、「悟能(八戒の法名)、悟浄、馬鹿なこと言うんじゃない。悟空がわかっているのは言葉にならないものだ。それが本当にわかっているということなのだ」。

三蔵と悟空は以前には同じ状況で口げんかばかりかわしていたが、ここに来て三蔵は悟空が『般若心経』の本質を理解していることを認め、しかも言葉の形を取らなくても二人の間では共通の理解が成立している。パターン化した展開を利用して、二人の成長と、その間に育まれた結びつきの深さを表現するのは見事である。一方で成長のない猪八戒と沙悟浄を描くことにより、二人を際立たせるとともに、ユーモアも抜け目なく保持している点に注目されたい。

構成の上でも、第九十六・九十七回で描かれる事実上最後の災難が、妖怪ではなく人間、それも善人によって引き起こされることなど、構成自体に深みがあり、取経をなしとげる最後の場面の達成感は大きい。読んで楽しいという点では「四大奇書」の中でも『西遊記』が随一といってよいであろうが、単に面白いだけではなく、ある程度の深みも具えているのである。

◈「四大奇書」以外の長篇小説

嘉靖から万暦にかけて、出版量の劇的増大に伴い、大量の長篇小説が出現する。

『三国志演義』同様、「全相平話」の発展型ともいうべき歴史小説が次々に登場したのは当然の流れであった。殷周革命から秦の滅亡までを語る『列国志伝』、前漢と後漢の誕生を語る『両漢開国《りょうかんかいこく》中興伝誌《ちゅうこうでんし》』、前漢と後漢の歴史を述べる『全漢志伝』は、いずれも建陽で刊行されている。これらは、「全相平話」の存在を確認できない後漢の部分を除いて、いずれも「全相平話」に基づいており、しばしば文言まで一致するなど、『三国志平話』と『三国志演義』の場合よりはるかに直接的な関係を持つ。一方で、「全相平話」の存在しない、換言すればドラマ性に乏しい部分については史書の記述に基づいており、「全相平話」を史書でつなぐという点では『三国志演義』と軌を一にする。しかし、「全相平話」由来の部分と史書由来の部分には文体の落差・内容の矛盾など、つぎはぎ細工の跡が歴然としており、質においては『三国志演義』より格段に劣るといわざるをえない。これは、単にこれらの作品の出来が悪いのか、あるいは『三国志演義』の成功を受けて粗製濫造された結果かは定めがたい。

更に、「全相平話」の存在を確認できない時代についても、唐については『唐書志伝《とうじょしでん》』、北宋については『南宋志伝《なんそうしでん》』『北宋志伝《ほくそうしでん》』(題名の印象とは異なりともに北宋のことを語る)、南宋については『大宋演義中興英烈伝《だいそうえんぎちゅうこうえいれつでん》』などが刊行される。これらについても、作品ごとに濃淡があるものの、歴史書を踏まえつつ、『北宋志伝』において楊家将の物語が大きな比重を占めるように、芸能由来の要素を適宜盛り込むという形を取ることに違いはない。江南において刊行されたものは、たとえば前漢を扱うものは『西漢演義』と題するように、題名を改め、内容も多少知識水準の高い読者が受け入れやすい形に改められるが、いずれにせよ『三国志演義』と比較しうるレベルのものは存在しない。

ただ、「全相平話」のうち『武王伐紂』と深い関係を持ちつつ、一方で『西遊記』とも関わりを持つ『封神演義《ほうしんえんぎ》』についての言及を欠かすわけにはいかない。殷周革命を題材とするこの作品は、『武王伐紂』のストーリーに、仙界を二分する闡教《せんきょう》と截教《せっきょう》の争いという要素を盛り込んで、大量の神仙、更には仏教由来の神仙までを登場させたもので、『西遊記』にも通う神仙や妖怪による奇想天外な戦いが加わって、『武王伐紂』やそれに依拠した『列国志伝』にはない面白さを持つ。この作品は、日本で漫画化されて人気を博し、またそもそも今日のコンピューターゲームそのものといっても過言ではない内容を持つため、ゲーム化などもされて広く知られる。ただ、「四大奇書」に比べれば構成・文章ともに格段に劣り、同列に論じるわけにはいかない。

『封神演義』は、『武王伐紂』と内容的に一致する一方で、托塔天王李靖《たくとうてんのうりせい》・哪吒太子《なたたいし》・楊戩《ようせん》つまり二郎真君《じろうしんくん》といったキャラクターが『西遊記』と共通する。そして、『西遊記』においては第八十三回で、いわば当然の前提としてごく簡単に語られる托塔天王と哪吒太子の親子に緊張関係が存在する理由、哪吒太子が龍の筋を抜いたため托塔天王に叱られ、怒って自らの血肉を削って父に返したという次第が、『封神演義』においては第十三・十四回で詳細に語られている。一見すると両者の間に影響関係があるように見えるが、これはおそらく巨大な伝説体系が背後にあり、両者はそれぞれその体系を踏まえて語っているものと思われる。

その他の物語についても同様のことがいえる。さきにふれたように、『北宋志伝』においては楊家将物語が大きな比重を占めるが、一方で『楊家府世代忠勇演義伝《ようかふせだいちゅうゆうえんぎでん》』という楊家将物語を専門に語る物語が刊行されている（この小説は武人の立場を強く主張する性格を持っており、郭勛による『三国志演義』『水滸伝』の刊行とよく似た目的を持って出版された可能性がある）。また隋唐物についても、武将尉遅敬徳を主人公とした『大唐秦王詞話《だいとうしんのうしわ》』、武将秦叔宝《しんしゅくほう》を主人公とした物語（おそらく清になって刊行される『説唐全伝《せっとうぜんでん》』に近い内容を持つと思われる）を知識人袁于令《えんうれい》が改作した『隋史遺文《ずいしいぶん》』などがあり、基本的に史書に基づく『唐書志伝』にも、それら史実から逸脱した物語の影響が認められる。『全漢志伝』『両漢開国中興伝誌』に見える劉秀の物語は、史実とは大幅に異なり、おそらく第二章で述べた民間で知られていた「漢小王」の物語に基づくものと思われる（これらの問題については拙著『中国歴史小説研究』を参照されたい）。

こうした状況はこれらの時代に限ったものではなく、おそらく中国の各時代について大規模な伝説体系が存在し、それらに基づく民間芸能が語り演じられていた可能性が高い。小説を制作するに当たっては、歴史書を踏まえつつ、それらの物語を適宜導入し、史実とあまりに乖離する場合には修正を加えていたのであろう（なお演劇の場合には、より原型に近い形が残っているケースが多い）。

『封神演義』（舒載陽刊本）第四十回　姜子《きょうし》牙《が》・哪吒太子らの活躍

今日我々は、何とか文字の形で表面化した伝説の一部分のみを知ることができるだけなのである。ただ、後に述べるように、読者層が広がるにつれて、清代になると民間の物語をより直接に反映した小説が刊行されることになる。

◈演劇の展開

最後に、この時期の演劇について一言しておこう。

明代に入ると、北曲による雑劇は衰退し、南方系の音楽による南曲が広く行われるようになる。ただ明の宮廷においては、日本の幕府において式楽として能が演じられていたように、雑劇が演じられ続け、南曲が宮廷に入るのは万暦年間に至ってのことになる。これはおそらく、元王朝の宮廷演劇が雑劇であったことを引き継いだ結果であろう。さまざまな点で明は元を引き継いでいるが、これもその一例といってよい。雑劇こそ正統で格調の高い演劇であるという観念はかなり広くあったらしく、明一代を通じて雑劇の制作は続けられ、朱元璋の孫である周憲王朱有燉《しゅゆうとん》をはじめ、徐渭《じょい》・康海《こうかい》・王九思《おうきゅうし》といった一流文人が雑劇を残している。ただ、自身の劇団を持っていた朱有燉はともかく、他の人物の作品がどこまで実演用のものであったかは疑問である。

南曲には北曲のような制約はなく、すべての登場人物が唱うことができ、また宮調の縛りもなく、合唱も存在する。雑劇のような四折限定の縛りもなく、無制限に場面数を増やすことができる（一般的には二十から四十ほどだが、後の清朝宮廷演劇においては二百以上の場面を連ねる事例もある）。場面の単位としては「齣《せき》」を用いることが多いが、「出」「折」も使用されることがある。制約の少なさは作劇上有利ではあるが、当然ながら冗長に流れ、雑劇のような緊張感に欠ける傾向が生じることは避けがたく、明代後期には緊張感に富んだ一場面だけを抜き出して上演する「折子戯」と呼ばれる上演形態が広がり、現在に及んでいる(この点歌舞伎と共通することは興味深い)。

一口に南曲というが、実はこれは北曲以外の南方系音楽に基づく演劇の総称というべきもので、実際には大きく異なるいくつかの系統に分かれる。大まかには、音楽の種類を意味する「声腔《せいこう》」という語を用いて「四大声腔」と分類される四種、海塩《かいえん》腔・弋陽《よくよう》腔・余姚《よよう》腔・崑山《こんざん》腔の四系統に分けられ、それぞれメロディや様式を異にするため、南曲を単一の劇種とすることには無理がある。

さきほど述べたように、南曲には宮調の縛りがない。北曲においてはあれほど厳格であった宮調の縛りがなぜないのだろうか。これはその上演方式を知れば容易に理解できる。明代前期の南曲は基本的に打楽器以外の伴奏楽器を使用せず、あとは人の声による伴奏のみによっていたのである。人の声は微妙に音階を調節することが可能であるから、伴奏楽器を使用していた北曲のような、ピタゴラス音階では転調ができないという問題は発生しなかったわけである。ただ、嘉靖年間に魏《ぎ》良輔《りょうほ》と梁辰魚《りょうしんぎょ》によって崑山腔が改革されて、今日も上演されている崑曲《こんきょく》の形になると、笛や弦楽器を伴奏に用いるようになる。これがなぜ可能だったのかが疑問になるが、ちょうどこの時期に、朱載堉《しゅさいいく》によって世界で初めて平均律(音階を微調整して転調が自由にできるようにした体系)が理論化されていることを考えれば理由が見えてくる。朱載堉の説はおそらく彼が独自に考え出したものではなく、現場での試行錯誤の結果、平均律というべき自由に転調可能な体系ができあがったことを踏まえて理論化したものだったのであろう。つまり、魏良輔らの改革は、南曲に伴奏楽器をつけようとする長期にわたる試みの結果、平均律体系ができあがった成果だったのではないかと推定される。

明代に入ると、楽戸は強い差別を受けるようになり、元代のような知識人と楽戸による対等の立場での協力は見られなくなる。明代前期の「荊劉拝殺」と総称されるいわゆる四大戯文《ぎぶん》(「戯文」は南曲による戯曲のこと。「伝奇」ともいう)、『荊釵記《けいさき》』『(劉知遠)白兎記』『拝月亭記《はいげつていき》』『殺狗記《さつくき》』は、諸説あるものの、いずれも確実な作者は不明である。四つの作品はみな演劇的にはすぐれたものだが、曲辞は比較的素朴で、華麗な文飾は見られない。おそらくこれらの作品は演劇の現場で生まれたものなのであろう。一方で文人による作もあり、元末明初の高明『琵琶記』は南曲の古典として重んじられるが、高明のような一流知識人が戯曲創作を行ったのは、やはり元の風潮の延長線上でとらえるべきことであろう。以後演劇に関わる知識人はいるものの、多くは無名の人物であり、作例も多いとはいえず、前述のように知識人が扱うに足る演劇として北曲雑劇を書く事例が目につく程度である。

事情が変化するのは、演劇についても嘉靖頃からのことになる。この時期以降、一流知識人が戯曲執筆を行う事例が急激に増加し、梁辰魚『浣紗記《かんさき》』・李開先『宝剣記《ほうけんき》』以下、多くの作品が生まれることになる。その中には文人の作らしく、文辞のみすぐれるが実演の場に適合しないものもあったが、右にあげた二作などは実演の場とも連携した上でまとめられたもので、上演効果にも配慮されている。

万暦年間になると、文人の嗜好に適する優雅な新しい崑山腔の出現もあって、文人による戯曲創作は増加する。そうした中で明代最高の劇作家とされる湯顕祖《とうけんそ》（一五五〇～一六一六）が登場する。湯顕祖は万暦十一年（一五八三）の進士であり、詩文にも名声が高く、当時全盛を極めていた復古派に反発して王世貞に真っ向から楯突いたことで知られる一流の知識人である。彼が残した戯曲は、習作を除けば、『紫釵記《しさき》』『牡丹亭還魂記《ぼたんていかんこんき》』『邯鄲記《かんたんき》』『南柯記《なんかき》』の四篇で、いずれも夢をテーマとしているため、彼の書斎の名を取って「玉茗堂四夢《ぎょくめいどうしむ》」と呼ばれる。代表作『牡丹亭還魂記』は、夢で出会った男性柳夢梅《りゅうむばい》に恋い焦がれて死んだヒロイン杜麗娘《とれいじょう》が、実際にやってきた柳夢梅の前に幽霊となって現れ、彼の力を借りて蘇生して結ばれるという物語で、この時期の思潮にふさわしく、道徳規範にはまらない「情」の動きを肯定する内容を持つ。中でも名高い第十齣「驚夢」の一段の曲辞を引いてみよう。

【皂羅袍】原来姹紫嫣紅開遍。似這般都付与断井頽垣。良辰美景奈何天。賞心楽事誰家院。（云）恁般景致我老爺和奶奶再不提起。（合）朝飛暮捲。雲霞翠軒。雨絲風片。煙波画船。錦屏人忒看的這韶光賤。

【皂羅袍】なんとあでやかな紫に紅あまねく咲いているのに、こんな景色をみんな壊れた井戸崩れた塀にくれてやっていいようとは。素敵な時に美しい景色はあれど時の流れはどうにもならず、楽しきことともにする心知る人はいずこの家か。(セリフ)こんな景色があるなんてお父様お母様はちっともおっしゃらなかったわ。(小間使春香と声を合わせて)朝には雲を飛ばし暮れには雨を捲《ま》く、朝焼け夕焼けさす翠の軒。こぬか雨にそよ風吹いて、けぶる波に浮かぶ屋形船。錦の屏風の奥にあった人はこの麗しい光をあまりに軽く見ていました。

「良辰美景」と「賞心楽事」は南朝宋の謝霊運《しゃれいうん》の「擬魏太子鄴中集詩序」に見える言葉で、「四美」と呼ばれる。「奈何天」は時間の動きを留めようもないことを意味する語で、詞に多く見える。「朝飛暮捲」は初唐の王勃《おうぼつ》「滕王閣《とうおうかく》」詩の「画棟に朝に飛ぶ南浦の雲、朱簾《しゅれん》は暮に捲く西山の雨」を踏まえる。王勃の詩に出る「雲」と「雨」は、この曲辞の中では、宋玉《そうぎょく》の「高唐賦」で巫山《ふざん》の神女が楚の襄王と情交の後、「旦《あさ》には朝雲となり、暮れには行く雨となり」と言ったことを踏まえて、男女の情交を暗示する役割を持つ。同時に、この詩句を引くことは、王勃が詩を詠んだ洪州《こうしゅう》(南昌)がこの物語の舞台と同じ江西にあることで、地域的にも符合する。

このように湯顕祖の歌辞は多くの典故を踏まえており、正確な意味はそれらに通暁した人間でなければ知ることができない。つまり知識人による知識人向けの作品ということになる。ただ、正確な意味はわからなくとも、美しい語の連なりを聞くだけでもある程度のニュアンスは伝わるはずであり、教養がそれほど高くない人々であってもその雰囲気に浸りつつ鑑賞することは可能である。劇の構成も巧みであり、そうした意味で文学性と演劇性を兼ね備えているといってよいであろう。ただ、元雑劇のように教養が高くない人でも理解できる典故を選ぶという配慮がない点で、やはり文人の作という側面があることは否めない。

『牡丹亭還魂記』から「遊園驚夢」の場面　臧懋循による改訂本（蘇州書業堂刊）

湯顕祖は、彼の出身地である江西で演じられていた海塩腔系統の演劇のために作品を書いたが、この系統は当時すでに衰退しつつあった。そのため、江南で流行していた新しい崑山腔に合うように改作したバージョンが作られ、湯顕祖の怒りをよそに流行することになる。自身も『牡丹亭還魂記』の改作版を手がけた沈璟《しんけい》（一五五三～一六一〇）は、呉江派《ごこうは》と呼ばれる崑山腔による劇作を行うグループのリーダーとして、武松を主人公とする『義侠記《ぎきょうき》』など、湯顕祖の作品ほど文雅ではないが崑山腔の上演に適した作品を書き、以後彼の影響下で多くの作家が出現することになる。明末清初には蘇州派と呼ばれる実演に密着した戯曲を作り出す人々が輩出し、その代表ともいうべき李玉《りぎょく》は、『一捧雪《いっぽうせつ》』『占花魁《せんかかい》』など今日も盛んに上演される演劇的効果に富んだ作品を多く残した。またこの時期には、右の『一捧雪』をはじめ、『鳴鳳記』など同時代の時事を題材とする政治劇が多く制作されたことも注目される。演劇は政治の手段としても機能しはじめたのである。

四――明滅亡まで　多様な刊行物の出現と「三言二拍」、金聖歎と「小説」の自立

万暦二十年（一五九二）、二度にわたる大規模な異民族反乱が発生し、更に豊臣秀吉が朝鮮に侵攻して、宗主国である明は援兵を送る必要に迫られ、泥沼の戦争に引きずり込まれることになる。「万暦の三大征」と呼ばれるこれらの軍事行動は、明の財政に破滅的な影響を与えた。にもかかわらず万暦帝は個人的な蓄財に専念したため、軍事費は増税をもたらすことになる。更に、東北では満洲族が後金（後に清と改名）を建国して侵入を開始し、これに対応する軍事費が更に財政を圧迫する。万暦帝死後、父に愛されなかった泰昌帝が即位するが、環境の激変ゆえか一ヶ月で死去し、その後を嗣いだ息子の天啓帝（在位一六二一～一六二七）は無能力で、宦官魏《ぎ》忠賢《ちゅうけん》が権力を握って暴政を行ったため、明王朝は滅亡へと向かうことになる。天啓帝の後を嗣いだ弟の崇禎帝（在位一六二七～一六四四）は必死で情勢挽回のため努力するが、各地で勃発した反乱を討つため軍事費が必要になり、軍事費を捻出するため増税すれば反乱が起きるという悪循環から抜けられず、ついに反乱者李自成《りじせい》に紫禁城を包囲され、紫禁城の裏にある景山で首をくくって自害する。普通であれば李自成が次の皇帝になるところだが、この機を逃さず侵入してきた清に李自成は追われ、南京で弘光帝を擁立した明の勢力も清軍に敗れ、中国全土は満洲族である清の支配に服す

ることになる。

明が滅亡へと歩むこの時期、出版は前の時期を引き継いで非常に盛んであった。出版量が増大した結果、さまざまな文献を統合した書物が次々に刊行されることになる。文言小説については、すでに正徳・嘉靖期から『顧氏文房小説《こしぶんぼうしょうせつ》』などの大規模な作品集が刊行されはじめているが、この時期になるとテーマ別に編集したものが多数出現しはじめる。たとえば、当時政治・軍事面で重要な業績をあげた郭子章《かくししょう》が剣の故事を集めた『剣記《けんき》』、馬の故事を集めた『馬記《ばき》』を著し、当時人気の文人陳継儒《ちんけいじゅ》が虎の故事を集めた『虎薈《こわい》』を著したのはその比較的小規模な事例であり、王世貞編・湯顕祖評と称する（もとより本当に彼らの手になるかは疑問である）恋愛物語集成『艶異編《えんいへん》』はより規模の大きい事例といえよう。また臧懋循《ぞうぼうじゅん》の『元曲選』（万暦四十三・四十四年（一六一五・一六）刊行）をはじめとする元雑劇を中心とした戯曲選集が次々に刊行されたのも、こうした動きの一環として理解すべきものである。こうした流れの中で、明末の白話文学界の大立者ともいうべき馮夢龍が登場し、「三言」と呼ばれる三つの大規模な短篇小説集を刊行することになる。

◈白話短篇小説の刊行

「三言」まで　短篇白話小説の刊行は「三言」に始まるわけではなく、嘉靖年間にすでに清平山堂《せいへいさんどう》を名乗る洪楩《こうべん》が『六十家小説《ろくじゅっかしょうせつ》』を刊行している。元来六十篇からなっていたはずのこの短篇小説集は、現在は『清平山堂話本』と通称される十五篇と、『雨窓集《うそうしゅう》』『欹枕集《きちんしゅう》』という『六十家小説』当時の名称を残す十二篇しか残っていない。刊行者洪楩は単なる出版業者ではなく、『夷堅志』の編者洪邁の子孫、刑部尚書洪鍾《こうしょう》の孫で、太子《たいし》詹事《せんじ》府《ふ》主簿《しゅぼ》の肩書きを持つ歴とした士大夫であり、『六臣注文選《りくしんちゅうもんぜん》』『唐詩《とうし》紀事《きじ》』という士大夫向けの書物を刊行している。そして明王朝の公式記録『明実録』嘉靖四十一年十一月の記述によれば、彼は倭寇対策の責任者として浙江で文武にわたる強大な権力を持っていた胡宗憲《こそうけん》に娘を妾として差し出したことがわかっており、胡宗憲と特殊な関係を結んでいたようである。

胡宗憲は高位にあった科挙官僚だが、自身甲冑を着けて実戦に参加するような人物であり、彼のもとには配下の武将たちのほか、参謀役だった徐渭や『西湖《せいこ》遊覧志《ゆうらんし》』の著者田汝成《でんじょせい》など多くの一流知識人が集まっていた。洪楩が高級知識人向けの書物とあわせて『六十家小説』を刊行したことは、こうした文武が融合した環境と関わりを持つ可能性が高いであろう。実際洪楩は、先祖洪邁の『夷堅志』を分類再編集した『新編分類夷堅志』を刊行しており、同書は田汝成の序を持つことから考えても、胡宗憲のもとにあった人々との関わりの中で、読み物として刊行されたものではないかと思われる。『六十家小説』もそれに準ずるものであったのではなかろうか。外見的にも『新編分類夷堅志』と非常に近い体裁を持ち、挿絵や批評・注釈もない知識人向けの書物の体裁を取っている。これはこの書物が教養の低い層を対象とするものではないことを形式上アピールするものであろう。

長篇白話小説がどのようにして刊行されるに至ったかは前章で見た通りである。では、やはり芸能に由来すると考えられる短篇白話小説は、なぜ文字化され、刊行されるに至ったのであろうか。『六十家小説』のうち現存するものを見れば、その理由はある程度明らかになる。

『六十家小説』の中には、今日の目で見ると「白話小説」とは呼びがたいものが含まれている。「快嘴《かいし》李《り》翠蓮記《すいれんき》」は、非常に口の回る女性が、口が悪すぎて結婚生活もうまくいかず、尼になるに至ることを語る物語で、ヒロイン李翠蓮が怒濤の如く繰り出す悪口雑言はすべて韻を踏む七言句からなる。「張子《ちょうし》房慕《ぼうぼ》道記《どうき》」は、劉邦の参謀として漢の建国に活躍した張良《ちょうりょう》が、俗世を見限って山に入ることを語るもので、張良と劉邦たちの問答は七言八句の詩の形を取る。「刎頸鴛鴦会《ふんけいえんおうかい》」は、淫乱な女性がついには密通相手ともども夫に殺されるまでを描いたもので、随処に「伴奏の皆さんご苦労様、まずは音楽をお聴きになって、その後拙いうたをお聴きください」という口上に続いて【醋葫蘆】曲が唱われる。これらは語り物テキストの文字化というべきであろう。一方では「漢李《かんり》広世号飛《こうせいごうひ》将軍《しょうぐん》」は文言で書かれており、白話小説とはいえない。

つまり「小説」といっても、この名称のジャンルが確立しているわけではなく、おそらく芸能の世界で読み切り講談を「小説」と呼んでいたことと、古典的な「どうでもいい話」という意味との中間にあるような微妙なニュアンス、要するに多く芸能と関わる読み物についてこの語が用いられているのではないかと思われる。ここで文字化されているものの多くはおそらく芸能テキストに由来し、その内容は講談・説唱などさまざまなジャンルにわたっているということなのであろう。このように考えてくると、『六十家小説』は第二章で見た『嬌紅記』・弘治本『西廂記』、更には『成化説唱詞話』と似通った性格を持っていることが見えてくる。つまり短篇白話小説は、読み物として芸能テキストが文字化される流れの中から生まれたことになる。ただ、第二章で見たものがいずれも大量の韻文を伴っていたのに対し、『六十家小説』では多くの韻文を含むものはむしろ少数で、一方では文言で書かれたものも含まれている。これは、この種の書物が韻文鑑賞を主とするものから、物語を楽しむことを主とするものへと変わりつつあったことを示すものであろう。

ただ、『六十家小説』の白話文は全体に拙く、時として意味を取りかねることすらある。「曹伯明錯勘贓記（曹伯明が盗品について考え違いした物語）」の一節を引いてみよう。

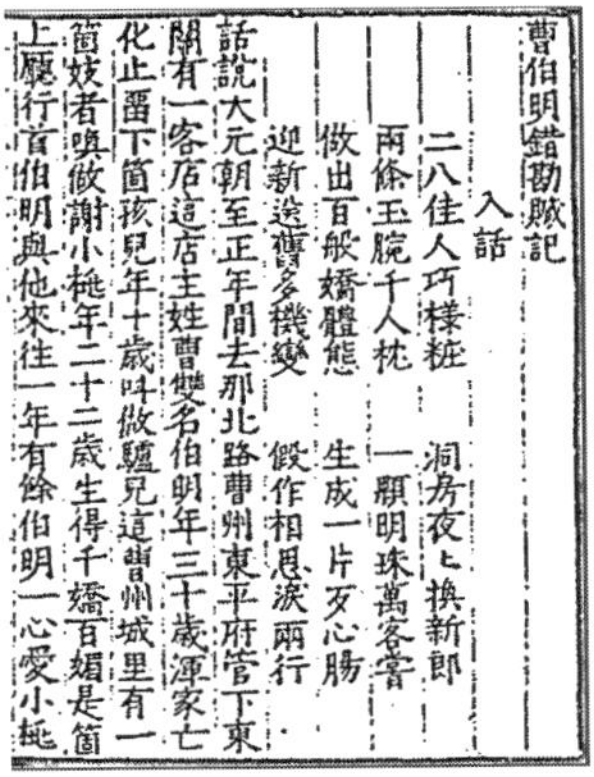
曹伯明錯勘贓記
入話
二八佳人巧樣粧　洞房夜〻換新郎
兩條玉腕千人枕　一顆明珠萬客嘗
做出百般嬌體態　生成一片歹心腸
迎新送舊多機變　假作相思淚兩行
話說大元朝至正年間去那北路曹州東平府管下東關有一客店這店主姓曹雙名伯明年三十歲渾家亡化止留下箇孩兒年十歲叫做驢兒這曹州城里有一箇妓者喚做謝小桃年二十二歲生得千嬌百媚是箇上廳行首伯明與他來往一年有餘伯明一心愛小桃

『清平山堂話本』「曹伯明錯勘贓記」

何日か過ぎまして、ある日のこと、曹伯明《そうはくめい》は夜明け前に客を迎えにまいりました。冬のことで、五里先までまいりますと、はらはらと雪が降ってまいりました。しばらく待ちましたが、雪の中来る客はおりませんので、向かい風受けつつ雪の中を戻りました。一里もいかないうちに、道にあった包みにつまずいて転びました。伯明ははい起きると、包みを見て一人思いますには、「もし金のある者なら持って行ってもまだよかろうが、金のない者なら持って行ったら心配で死んでしまうだろう」。そこで呼びかけます。「前の旅のお方、包みを落としましたよ」。十何回も呼びましたが、行き来する人はないまま、雪もひどくなって、夜も明けましたので、しかたなく包みをかついで家に帰りました。戸を叩くと小桃が戸を開けて、包みを見るとすぐにたずねます。「どこのものなの」。伯明、「おまえ、おれたちは金持ちになれるぜ。……」。(対句と詩があって)話は二つに分かれます。さて、曹州の知事が執務を始めますと、急に東平府から文書が来て、曹州東関里で宿屋を開いている曹伯明本人を連れてまいれとのこと。急ぎ張千を呼んで、「おまえは曹伯明を捕まえてこい」。

展開が唐突すぎて物語を理解しがたい。こうした点では、『六十家小説』は基本的に『水滸伝』以前のものといってよい。『水滸伝』『金瓶梅』を経て、白話文の書き方が定まり、文学的水準が急激に向上した後、再度より大規模に短篇白話小説集が編まれることになる。そこで大きな役割を果たしたのが馮夢龍であった。

馮夢龍と「三言」　馮夢龍は、科挙にこそ合格していないものの、かなり知られた知識人であった。当時東アジアにおける経済・文化の中心であり、崑山腔の本場であった蘇州の出身である。彼は『春秋』の専門家として知られ、『麟経指月《りんけいしげつ》』など『春秋』に関わる受験参考書の類を多く刊行している。おそらくその過程で売れる本の作り手として出版社と関係を持ち、参考書以外のさまざまな書物も手がけるようになったのではないかと推定される。特に、さきに述べたさまざまな文献を集めた編集物の作り手としては第一人者というべき存在で、恋愛物語集成『情史類略《じょうしるいりゃく》』、知恵話集成『智嚢補《ちのうほ》』、笑話集成『古今譚概《ここんたんがい》』を刊行したほか、蘇州で唱われていた民間歌謡の集成『山歌《さんか》』、大部に過ぎる『太平広記《たいへいこうき》』の抜粋『太平広記鈔』、散曲集『太霞新奏《たいかしんそう》』を出している。更に既存の戯曲・小説を改編して刊行することも行っており、沈璟の弟子の立場から湯顕祖・李玉らの戯曲に改編を施したものをまとめた『墨憨斎定本伝奇《ぼくかんさいていほんでんき》』、『列国志伝』を史実に忠実な方向に改めた『新列国志』（清になってほぼ同じものが『東周列国志』と改題して流行する）、全二十回からなっていた『平妖伝《へいようでん》』に前日譚を附け加えた上で全面的に書き改めた『新平妖伝』があって、後世に大きな影響を与えることになる。大規模な短篇小説集成として名高い「三言」は、そうした一連の仕事の一環として生まれたものであろう。馮夢龍は短篇小説の集成を編集し、その際に既存の作品には手を入れたのである。

「三言」は『古今小説』・『警世通言《けいせいつうげん》』・『醒世恒言《せいせいこうげん》』各四十篇、合計百二十篇からなる。『古今小説』

も含めて「三言」と呼ぶのは、この書物が後に『喩世明言《ゆせいめいげん》』と名を改めて刊行されたことに由来する。ただし『喩世明言』と題するものには現在知られる限り二十四篇しか収められておらず、『古今小説』が確かに馮夢龍の手になるものという証拠もないため、『警世通言』『醒世恒言』に合わせて馮夢龍が既存のものを改題した可能性もないとはいえないが、当時もある程度著作権は認められており、『新列国志』の封面(タイトルページ)に墨憨斎《ぼくかんさい》(馮夢龍の号)の著作として「明言・通言・恒言」が列挙されている点から考えて、馮夢龍が『古今小説』に関わっていなかった可能性は低いであろう。

『古今小説』のうち十六篇、『警世通言』のうち八篇、『醒世恒言』のうち四篇は『六十家小説』(今は失われて題名のみ残るものを含む)に基づいているものと思われる。この数値からもわかるように、「三言」の編集は当初既存の作品に多少の書き換えを加える形で出発したが、利用できる作品が少なくなるにつれて新作で補う必要が生じたものと思われる。当然ながら両者は文体などの面で大きく異なり、『六十家小説』由来の諸篇をはじめとする宋元以来の芸能に起源を持つものと推定される作品は、文章こそ拙いものが多いが、一種古拙ともいうべき味わいを持つのに対し、新作は『水滸伝』『金瓶梅』の影響を受けて、読みやすい白話文で細部に至るまで綴られてはいるものの、描写や展開にどぎつさがあるとされる。『醒世恒言』から最もどぎついことで知られる「赫大卿遺恨鴛鴦縧(赫大卿恨みを残せし鴛鴦の帯)」の一節を引いてみよう。色男の赫大卿《かくたいけい》は、散歩に行った尼寺で知り合った尼たちとの情事に耽るが、家に帰ろうとすると、尼たちは帰すまいとして、酔った大卿の頭を剃ってしまう。

赫大卿が夜明けまで眠ってようやく目覚めますれば、隣に寝ているのは空照《くうしょう》(尼の名)でした。寝返りを打つと、頭の皮がじかに枕にこすれたように感じて、あわてて手でまさぐってみると、ぴかぴかのひょうたんじゃありませんか。びっくり仰天、あわてて起き直って「こりゃどういうことだ」とやたらにわめけば、空照ははっと目覚めて、大卿が大騒ぎしているのを

『醒世恒言』「赫大卿遺恨鴛鴦縧」

見ると、こちらも起き直って申します。「あなた、怒らないでね。あなたがどうしても帰るっていうから、わたしたち師弟は別れるに忍びないのに、引き止める手立てもないし、それでこういう苦肉の計を実行して、あなたを尼さんに化けさせて、永遠に楽しく過ごそうってことなのよ」。言いながら胸の中に倒れ込んで、色気をまき散らしながら、淫猥な言葉を申しますので、迷わされた赫大卿は何の考えもなしに申します。「あなたたちの好意とはいえ、やり方がひどすぎるよ。こうなっちゃ人に会えやしない」。空照、「髪の毛が伸びてから会っても遅くはないでしょ」。赫大卿はどうしようもないまま、しかたなく言いなりになって、尼の恰好をして庵の中で暮らして、昼夜分かたず淫楽に耽ります。

かくて赫大卿は精力が尽きて死んでしまい……というえげつない展開をたどることになるのだが、内容はともかく、ここには『水滸伝』『金瓶梅』を経た後の成熟した白話表現を見て取ることができる。

「三言」百二十篇の中には馮夢龍の自作も含まれているとされるが、どれがそれであるかを確定することは困難である。とはいえ、やはり見事な白話で綴られている『新平妖伝』の増補部分なども含めて、名の通った知識人が、自らの名前を表面に出して白話小説を刊行するという新しい状況が発生したことは注目に値しよう。

これを引き継いで刊行されたのが「二拍」と呼ばれる凌濛初《りょうもうしょ》の『初刻拍案驚奇《しょこくはくあんきょうき》』『二刻《にこく》拍案驚奇』

である。この二つの短篇小説集も各四十篇からなる（ただし『二刻』の最後の一篇は「宋公明大鬧元宵《そうこうめいだいどうげんしょう》」という雑劇である）。凌濛初は、蘇州に近い湖州《こしゅう》在住のやはり歴とした知識人だが、套印《とういん》（多色刷り）によって名高い高級な出版を行う一族の出身であった。つまり、出版業をも行う士大夫という新しいタイプの人物だったことになる。従って凌濛初は他にも受験参考書や批評を伴う詩の選集など数多くの書籍を著述・刊行しており、「二拍」もそうした刊行物の一環として編集・刊行されたものなのである。今日の目で見ると、「三言二拍」は当時において突出した意義を持つ刊行物と見えるが、実際にはさまざまな編集物が大量に制作・刊行された明代最末期に、ブックメーカーであった馮夢龍や、自身出版業者も兼ねて多くの書物を制作・刊行していた凌濛初による数多くの仕事の一つとして作られたものであることを見落としてはなるまい。「三言二拍」は時代の風潮と、出版事業の情勢から生まれたのである。

ただ、「二拍」はある点において文学史上画期的な意味を持っている。前述のように、『六十家小説』は基本的に芸能テキストに由来するものと推定される。「三言」は、当初は『六十家小説』などの既存テキストに修正を加えて流用することを主としていたが、次第にネタ切れを起こした結果、『醒世恒言』では新作の方が多数を占めるに至っていた。「三言」を承ける形で制作された「二拍」の段階では、もはや利用可能なものはほぼなくなっていたであろう。おそらく凌濛初はそれを承知で、新作による短篇小説集を編もうとしたのではないか。『二刻拍案驚奇』の序において凌濛初は自身の作だと述べているが、それが事実である可能性は高いであろう。つまり、ここに知識人が自分の名で、大規模な白話文学作品集を執筆・刊行するという事態が発生したのである。「二拍」所収の作品は「三言」より劣ると一般的にいわれるが、しかしそれは「二拍」が持つ文学史上の重要性を減じるものではない。

「二拍」所収の作品は、文言小説や戯曲の書き換えが多い。凌濛初は、多様なジャンルの作品を「短篇白話小説」という形態に置き換えていったのである。ここにジャンル意識が生まれつつあることを見て取ることができよう。「三言」では、『警世通言』に『六十家小説』の「刎頸鴛鴦会」が収められているように、語り物テキストが排除されていたわけではないが、「二拍」になると語り物形式の例は見られなくなる。実は『金瓶梅』においても、この時期になると一部語り物形式を取っていたオリジナルの『金瓶梅詞話』を改変して、語り物要素を払拭し、『水滸伝』から流用した部分も極力排除した「崇禎本」と通称される刊本が出現している。

嘉靖期までは、白話文学において明確なジャンル意識が存在したとは考えにくいことはこれまで見てきた通りである。しかし万暦以降、出版量の劇的増大に伴って、ジャンル別のさまざまな編集物が作られた結果、小説・戯曲・語り物などがそれぞれ異なるジャンルに属するものであるという意識が生まれてきたように思われる。そして『水滸伝』『西廂記』が知識人の間で高く評価された結果、小説・戯曲についても、詩文同様知識人が全力をあげて取り組むべき営為であるという意識が一部で生まれはじめる。そうした方向性に沿って理論を立て、小説をジャンルとして自立させたのが金聖歎《きんせいたん》(一六〇八~一六六一)であった。

金聖歎も馮夢龍同様蘇州の出身であり、名の知れた知識人だが科挙に合格せず、出版社と提携して多くの著作を刊行した点でも軌を一にする。彼が明の愛国者だったことはその著作の各処にさりげなく見えるところであり、清に入って地方長官の政治を批判したことを理由に処刑されたのも、その言論活動と関係があるものと推定される。

彼は中国歴代の文学作品のうち六つを最高のものと見なして「六才子書《ろくさいししょ》」と呼んだ。『荘子』・「離騒《りそう》」（『楚辞《そじ》』のうち最も重要な作品）・『史記』・杜甫《とほ》の詩・『水滸伝』・『西廂記』である。李白《りはく》ではなく杜甫が取られていることを別にすれば、中国文学の中でも特に浪漫性に富んだ作品が選ばれていることは一見して明らかだが、中に『水滸伝』『西廂記』という白話文学、それも前者は「盗を勧める」、後者は「淫を誨《おし》える」として反体制の書扱いされていたものを、他の古典と同格のものとして評価したことは画期的であった。とはいえこれは金聖歎の独創というわけではなく、前章で述べたように李卓吾がこの二書を「天下の至文」と呼んでおり、金聖歎が李卓吾の影響を受けていることは明らかである。それは「真」を重んじ「假（偽）」を憎むという点においても認められる。金聖歎はこの「六才子書」すべてに詳細な批評を附して刊行することを計画していたが、残念ながら『水滸伝』と『西廂記』を完成したのみで処刑されてしまった。しかし、特に彼の『水滸伝』批評は、その文学史上の意義、更にはその影響という点で極めて重要なものである。

金聖歎本の『水滸伝』の序には「崇禎十四年（一六四一）二月十五日」の日付があり、これがどこまで刊行時期を反映するものかはわからないが、少なくとも本文については一六四四年の明滅亡以前にできあがっていたものと思われる。『水滸伝』は売れ筋商品だったため、出版競争の中でさまざまな附加価値をつけて差別化を図る動きが広がり、挿絵はもとより、ポイントを示したり感想を書き込んだりする読書指南ともいうべき「批評」を附すもの（「李卓吾批評」を名乗るものが複数）などが出現した末に、究極の附加価値として、原本になかった物語を二十回付け足して、これこそ原本と称して売り出す百二十回本が出現した。金聖歎はこの百二十回本をもとにして、百八人が勢揃いする第七十一回で打ち切って後半四十九回を削除し（七十一回では数が半端なので、第一回を「楔子〈プロローグ〉」として、以下一回ずつずらして七十回にする）、大量の批評と、自身の文学理論を展開するさまざまな附録、更には自分ででっちあげた施耐庵の序文まで附したものを刊行したのである。挿絵がないのは、この書物が『荘子』・「離騒」・『史記』・杜詩に連なるシリーズの一環である「天下才子」、つまりは知識人向けの本であることの表明であろう。

彼が後半を削除したのは、一つには『水滸伝』があまりにも長く、大量の批評を附すと分量が多くなりすぎるため、コンパクトにして購入しやすくするという商業上の理由があったであろう。また招安を受けて以後の部分が面白くないことには定評があるため、つまらない部分を削除してしまったという側面もあろう。これも商業上有利であることはいうまでもない。しかし一番大きな原因は、当時明が李自成ら反乱勢力のために滅亡寸前であったことに求められよう。李自成たちは、窮地に陥ると招安を受けると称して降伏し、勢力を盛り返すと再び反逆した。そのため、滅亡しかけている明の愛国者だった金聖歎は、宋江たちが招安を受けて忠義といわれることが許せなかったのである。

金聖歎の改変は本文にも及ぶ。当時の白話小説は講談の形式を摸倣して、至るところに詩詞韻文をはさみ込むのが常であり、『水滸伝』も例外ではない。金聖歎はその詩詞韻文を、作中人物

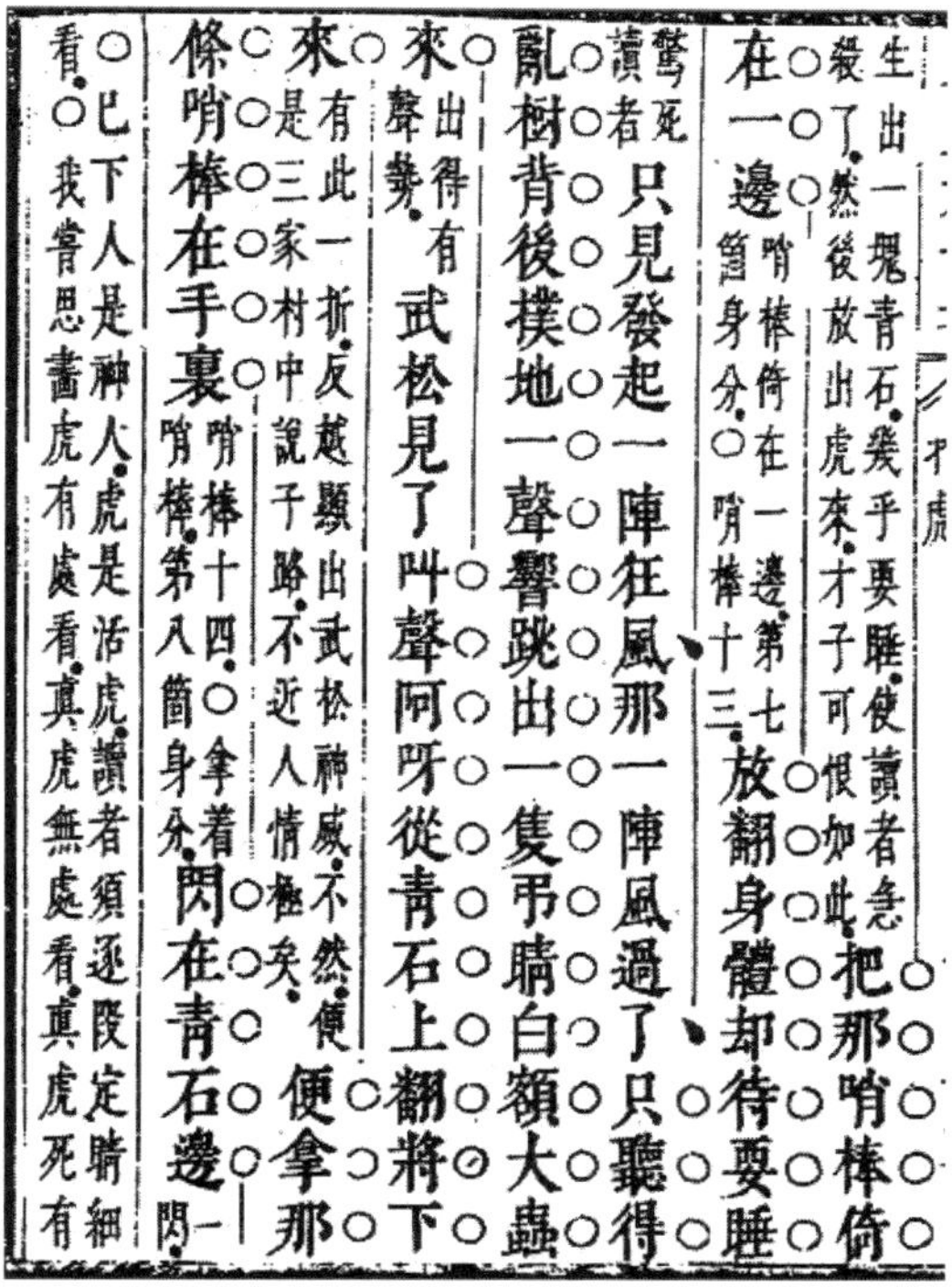
生出一塊青石。幾乎要睡。使讀者急殺了。然後放出虎來。才子可恨加此。把那哨棒倚
在一邊哨棒倚在一邊。第七箇身分。○哨棒十三。放翻身體却待要睡
驚死讀者只見發起一陣狂風那一陣風過了只聽得
亂樹背後撲地一聲響跳出一隻弔睛白額大蟲
來出得有聲勢。武松見了叫聲阿呀從青石上翻將下
來有此一折。反越顯出武松神威。不然。便是三家村中說子路。不近人情極矣。便拿那
條哨棒在手裏哨棒十四。○拿着哨棒。第八箇身分。閃在青石邊閃一
○已下人是神人。虎是活虎。讀者須逐段定睛細看。○我嘗思畫虎有處看。真虎無處看。真虎死有

金聖歎本『水滸伝』第二十二回　武松の虎殺しのくだり　小字はすべて批評

が物語の中で作ったり唱ったりする場合を除いてほぼすべて削除したのである。これは、小説から芸能の名残を排除し、本文のみに集中することを読者に求めるものであった。金聖歎は小説を一つの独立したジャンルととらえ、『荘子』以下の他の「才子書」と同等の価値を持つものに位置づけようとしたのである。彼の序の次のくだりはそれを鮮明に示すものである。

> それゆえ、荘周《そうしゅう》・屈原《くつげん》・司馬遷《しばせん》・杜甫、それに施耐庵・董解元（金聖歎は雑劇『西廂記』の作者を董解元と誤認していた）の書は、みな心気尽き果て、顔は死人の如くになってはじめて、その才が大いに発揮され、一部の書籍となりえたものなのである。荘周・屈原・司馬遷・杜甫については、そのすばらしさは周知のことゆえ、改めて論ずるに及ばぬが、施耐庵の書とても、やはり必ずや心気尽き果て、顔は死人の如くになった後に、才が大いに発揮され、はじめて書となりえたものであるに違いない。

白話小説は知識人が全身全霊を込めて取り組む対象であると金聖歎は喝破する。一方で、やはり巻頭に置かれた「読第五才子書法」には次のようにある。

> 以前には『水滸伝』は、行商人や役所の下役までが読む本であった。この本は一字たりとも増減してはいないが、つまらない人間には無縁のものであり、本当に錦繡《きんしゅう》の如き心を持った

者だけがそのすばらしさを理解できるのである。

大衆向けの文芸が地位を向上させると、エリート意識による大衆蔑視がそこに生じるというパラドクスは広く見られるものであるが、これもその一例といえよう。

金聖歎はこの方向に沿って『水滸伝』を書き換えていく。白話語彙は元来口頭で語られる音声のみしか存在しないものだったため、さまざまな文字が当てられて表記が統一されない傾向があったが、金聖歎は一定の基準を設け、文字表記を統一していく。文法についても、書き言葉としての歴史が新しい白話においてはしばしば不安定な場合があったが、これも金聖歎はすべて一つの原則に基づいて正していく。更に口語的に過ぎて、文字で読むと意味を取りにくい部分や、芸能にありがちな不必要な定型表現も削除する。一方では、登場人物の性格がより一層明確になるような書き換えを施す。ただこれについては、特に彼が悪意を持っていた宋江に関する描写を、すべて腹黒い偽善者と見えるように書き換えていったように、恣意的というそしりは免れがたいものがある。

更に、彼はさまざまな理論を立てて、巻頭の「読第五才子書法」に小説技法を列挙し、本文の批評でそれを指摘するとともに、時には自分の理論に合うように本文を書き換えることすらしているのである。たとえば相手の言葉が終わらないうちに気の短い人物が言葉をはさむという事例はオリジナルには一例しかないにもかかわらず、金聖歎はこれを「夾叙法」と名付けて、あちこちで本文を書き換えてこの事例を創出している。これは明らかにやり過ぎだが、しかし彼があげる技法には確かに適切なものが多く、以後中国、更には曲亭馬琴など日本の小説にも影響を及ぼしていくことになる。

金聖歎によって白話文は書き言葉として確立し、あわせて「小説」が文学の一ジャンルとして確立する。しかしまさにその時、明は滅亡し、奔放自在な言論空間も失われ、それに殉じるかのように金聖歎も命を落とす。とはいえ、その遺産は続く清代にも確実に受け継がれて、近代への道を開くことになる。第三部ではその後の展開を概観したい。

第三部

清の文学——近代へ

◈清代の白話小説——明末の遺産

一六四四年、明は滅亡し、その隙に侵入した満洲族の清が最終的には中国全土を支配するに至る。清朝政府は厳しい言論弾圧を行い、明代後期に見られた多様な思想の展開は影を潜めて、学者は文献研究を主とする考証学に沈潜することになる。厳密な学問的検討を欠いていた明代後期の思想は空理空論として軽視されるようになり、李卓吾は危険思想家として禁書の対象になる。

しかし白話文学の出版が低調になったわけではない。出版量は高い水準を維持し、貸本屋が広がった結果として、以前には刊行される機会が少なかった語り物テキストや、史実から著しく逸脱した歴史物小説などが刊行されるようになる。一方で、『水滸伝』『金瓶梅』は何度も禁書の対象となりつつ読み継がれる。『水滸伝』については、金聖歎本が彼の処刑後も人気を博して、最終的には百回本・百二十回本を駆逐し、『水滸伝』といえば金聖歎本ということになっていく。『金瓶梅』についても、短い生涯にこの仕事だけを残した張竹坡《ちょうちくは》(一六七〇〜一六九八)という、文字通り『金瓶梅』批評に命を賭けた人物が崇禎本に附した批評つきのテキストが広く読まれるようになる。『三国志演義』は、毛声山《もうせいざん》・毛宗崗親子が全面的に書き改めて批評を附したいわゆる毛宗崗本が作られて、やはりこのバージョンが一般化していく。毛宗崗本の書き換えは金聖歎の比ではなく、金聖歎が原本を尊重しながらも自分の考えで改めていったのに対し、毛宗崗たちはほとんど全面書き換えに近い形で文章を改め、内容も知識人の趣味に合うように、史実に近い方向へと改変を加えるとともに、劉備が悪いことをする場面は削除して、彼を聖人君子に近づけようとしている。この改変の結果、劉備が甚だ魅力に欠ける人物へと変貌してしまったことは否めない。毛宗崗本においてこのように大規模な改変がなされたのは、『三国志演義』の文章が『水滸伝』ほど価値あるものと認められていなかったためであろう。『西遊記』についてはこの種の書き換えはなく、長すぎる原本を要領よく簡略化した『西遊真詮《さいゆうしんせん》』が広く読まれることになる。『西遊記』については、他の三つほど知識人の興味を引かなかったということなのかもしれない。

こうして清初の段階で「四大奇書」の改変版が出そろい、『西遊記』以外の三つは詳細な批評を伴う形で流布していくことになる。また「三言二拍」についても、おそらく明の滅亡直前に二百篇から四十篇を選んだ『今古奇観《きんこきかん》』が作られ、こちらが流布して「三言二拍」は忘れられていく。つまり、明末までに生まれた主要な白話小説は、明の滅亡前後に再編されて、そこで固定したテキストが流布本になるのである。テキストの乱立から安定化へという流れは、明末から清初にかけての奔放な混乱から統制された安定へという社会の動きと合致するものである。

一方で前述のように、明代には表面には出なかったタイプのもの、民間で語られている物語に近い内容を持つ、『説唐全伝』などのより大衆に近い小説が生まれる。こうして、刊行量の増大に伴い、多様な読者に対応する小説の棲み分けが発生する。そうした中で、金聖歎や張竹坡の影響により、『水滸伝』や『金瓶梅』を読む知識人の中から、白話小説を創作しようという動きが生じることになる。

◈知識人による自己表現としての白話文学創作――『儒林外史』と『紅楼夢』

通常清代を代表する白話小説とされるのは呉敬梓《ごけいし》（一七〇一～一七五四）の『儒林外史』と曹雪芹《そうせっきん》（一七一五～一七六三）の『紅楼夢《こうろうむ》』である。この二つの作品には、これまで見てきた白話文学作品とは根本的に性質を異にする特徴が存在する。それは、両者がともに出版する予定なく書かれたことである。実際、『儒林外史』が刊行されたのは呉敬梓の死後半世紀を経た後のことであった。『紅楼夢』は、曹雪芹の生前には完成しなかった以上、刊行されたはずもなく、その最初の刊本が出たのは曹雪芹の死から三十年近くを経た後であり、しかも何者かによる続作と改変を経たものであった。つまり、彼らは何ら商業的な目的を持たず、ただ書きたいから書いていたことになる。

これまで見てきた作品はすべて何らかの目的を持って制作されたものであった。『三国志演義』『水滸伝』『西遊記』は刊行して利益を上げることを目的に作られたものである（『水滸伝』の郭武定本は営利を目的とはしていなかったかもしれないが、別に目的があったであろうことはさきに述べた通りである）。『金瓶梅』は営利目的で作られたわけではないが、やはり別の目的があったものと思われる。一連の戯曲は基本的に上演することを目的としていた。ところが、『儒林外史』と『紅楼夢』には特定の目的が認められない。目的がないということは、作者は書くこと自体を目的として、書きたいから書いたということになる。しかも、何らかの先行する芸能などに基づいているわけではなく、作者はゼロからこれらの作品を書き上げている。つまり、この二作は純然たる創作物ということになる。

作者の身分もこれまでの作品とは異なる。呉敬梓は、中国で最も豊かな富を持っていた徽州の大商人の家の出身である。徽州商人は、塩の専売権を手中にして政治をも動かす存在であり、彼らの中からは政治家や学者・文人も輩出している。出版においても、徽州では最高の彫り師が代々技を受け継いでおり、富豪たちが最高の紙と墨を使用して、超高級本を刊行する土地柄であった。呉敬梓はこうした環境に生まれたが、財産争いに巻き込まれて嫌気がさし、家産を蕩尽した末に南京に移住して、任官もせぬまま在野の知識人として生涯を終えた人物である。

曹雪芹の祖父は、清の康熙帝の乳兄弟として信任を得て、江南で絶大な権力を握り、多くの文化事業も行った曹寅《そういん》(一六五八〜一七一二)である。曹雪芹は大貴族の公子として豪奢な環境で育ったが、曹寅の没後、雍正帝の即位とともに曹氏一族は後ろ盾を失い、曹雪芹の父は免職の上財産没収の処分を受けて、一族は没落することになる。曹雪芹が北京で遊民として暮らしながら、かつての生活を回想しつつ、書き継いでは身内の間で回し読みし、意見を聞いては修正を加えていたのが『紅楼夢』の原型となった『石頭記《せきとうき》』なのである。

両者はともに歴とした知識人であり、ともに豊かな名門に生まれながら没落し、官職などは持たないまま遊民として暮らす中でこれらの小説を書いたのである。まとめていえば、この二作は知識人が自己表現のために書いた純然たる創作物ということになる。これは近代小説の定義におおむね当てはまるものといってよい。

知識人が自らの名において、白話小説を執筆し、世に出す（両書ともに刊行はされていないものの、作者の周辺ではある程度知られていたようである）ということは、全く新しい現象である。このような事態が生じた背景としては、やはり金聖歎が小説を、知識人が「心気尽き果て、顔は死人の如くになった後に」なしとげるべきことだと述べたことの影響を想定すべきであろう。知識人にとって白話文学が軽視の対象だったこと自体には変化はなかったであろうが、一部の知識人の間に認識の変化が生じ、白話小説は知識人が自らを表現する手段として認められつつあったのである。

彼らが金聖歎の影響を受けていたことは作品自体からも見て取れる。『儒林外史』は、知識人の実態を赤裸々に描く悲喜劇である。この作品はしばしば科挙受験をテーマとするといわれるが、描かれているのは決して科挙に限定されるものではなく、さまざまな知識人の生態であり、科挙は彼らの最大の関心事であるから多く出てくるにすぎない。多くの知識人の物語を次々につないでいくために用いられているのが「連環体」と呼ばれるスタイルである。まず登場する人物が、物語の中で別の人物に出会い、そこから主人公は新たに登場した人物に移って……ということが繰り返されて、多少の例外はあるものの、多くの場合一度退場した人物は二度と登場しない。この形式が『水滸伝』に認められることは、前に述べた通りである。ただ『水滸伝』の場合は、最初に登場する王進を唯一の例外として、一度退場した人物もまた後で登場する。つまり『儒林外史』は、『水滸伝』の技法を究極まで推し進めた小説なのである。『水滸伝』の影響がそこにあることはいうまでもない。

一方『紅楼夢』は、大貴族の公子賈《か》宝玉《ほうぎょく》と彼を取り巻く美少女たちの物語である。大観園という美しい庭園で彼らは浮世の苦しみも知らずに過ごすが、大貴族賈氏の中ではさまざまな軋轢が生じ、曹雪芹の計画では賈氏は曹氏一族と同じ運命をたどって没落することになっていたらしい(曹雪芹自身はそこまで書くことができないまま病死してしまったが、何者かによる続作もそうした展開をたどっている)。男女関係を軸に大家族を描くという内容上、当然ながら『金瓶梅』の影響は明らかに見て取れる。またこの作品においては地の文の中に語り手のコメントが絶えず入るのだが、その内容がしばしば金聖歎の批評と類似している。これはやはり金聖歎本『水滸伝』の影響を受けた結果であろう。金聖歎の批評を血肉化した結果、批評自体が本文化し、内容に論評を加える語り手の存在という新しい手法が生まれたのである。

では両者の文章はどのようなものであろうか。『儒林外史』の場合、内容からいって当然のことながら、辛辣なユーモアが特徴になる。これも『水滸伝』『金瓶梅』から学んだものといってよいかもしれない。第四回の一節を見てみよう。張静斎《ちょうせいさい》という知識人が湯《とう》という知県を訪問する場面である。張静斎の連れの范進《はんしん》は科挙の地方試験に合格したばかりで、二人でたかりに来た格好である。なお范進は万年落第生で、その彼が合格して発狂してしまい、ぶんなぐられて元に戻るところは、『儒林外史』でも最も名高いくだりである。イスラム教徒仲間から、身内を牢から出してほしいと牛肉を贈られたのだが、受けたものかどうかと問う湯知県に張静斎は言う。セリフの途中から引こう。

「思い起こせば洪武年間、劉老先生が……」。湯知県、「どの劉老先生ですかな」。静斎、「諱《いみな》を基という人ですよ。その方は洪武三年の科挙の進士（科挙合格者）で、『天下に道有れば……』の三句について回答して、五番で合格されました」。范進が口をはさんで申します。「三番じゃありませんでしたっけ」。静斎、「五番です。その答案を読んだことがあります。後に翰林院に入られました。洪武帝様は、夜こっそりその家を訪ねられました。ちょうど『雪の夜に趙普《ちょうふ》を訪ねる』みたいな調子です。ちょうど江南の張王がつまみを一瓶送ってきたので、目の前で開けてみますと、みんな大粒の金でした。洪武帝様がお怒りになっておっしゃいますには、『あいつ天下のことはみんなおまえたち書生が頼りと思ってるんだな』。次の日、劉老先生を青田《せいでん》県知県に左遷された上に、毒薬で殺してしまわれたんです。これはとんでもないことですよ」。知県は彼の懸河の如き弁舌を聞いた上に、現王朝の確かな典故だものですから、信じないわけにはいきません。

この場面のおかしさを理解するには多少の説明が必要である。ここでいう「劉老先生（「老先生」は知識人への敬称）」は、「諱は基」とあるように劉基《りゅうき》のことである。劉基は明の太祖朱元璋が天下を取るに当たって軍師として活躍した伝説的人物で、文人としても名高く、また民間では字の伯温《はくおん》で知られ、諸葛孔明に類した超人的能力の持ち主と信じられていた。「天下に道有れば」というのは『論語』「季氏篇」に出る句。科挙では経書の一句をあげて、それについて論じさせるのが普通である。この問題に答えて五番で合格したというのだが、実在の劉基は元の進士で、無論洪武三年の科挙など受けているわけもない。張静斎は試験問題まで創作してしまったわけだが、横から口を出して合格順位を訂正しようとする范進は更にとんちんかんである。順位にこだわって知ったかぶりをするところは、彼らが科挙の順位以外にあまり関心がないことを物語るものであろう。それを自信満々否定した上に、「答案を見た」とまでほらを吹いてから、張静斎は「雪の夜に趙普を訪ねる」を持ち出すが、これはほかならぬ羅貫中の雑劇「風雲会」に由来する芝居の一段で、宋の太祖趙匡胤が雪の夜に謀臣趙普を訪ねる物語である。張静斎の歴史的知識は、芝居に由来するらしい。「張王」とは朱元璋の宿敵だった蘇州の群雄張士誠《ちょうしせい》のこと。劉基が青田知県に左遷されたというのもでたらめで、劉基が青田県出身なので「劉青田」と呼ばれるのを官職名と思い込んだ誤りである。ところが湯知県は「現王朝の確かな典故」なので信じてしまうというのだから、こちらも大した知識人といわざるをえない。

知ったかぶりをした「知識人」たちのとんちんかんなやりとりを描いたこの場面は確かに面白い。しかしこれを読んで爆笑できるのは、劉基について的確な知識を持つ人間だけであって、一般庶民が読んでも面白くも何ともないであろう。『儒林外史』は知識人向けの小説なのである。このことは、白話小説が知識人に受け入れられ、知識人による知識人のための文学形態の一つとなったことを示すものであろう。白話小説は新たな段階に入ったのである。

『紅楼夢』において特徴的なのは心理描写である。その種の描写は、特に主人公賈宝玉と、彼の最愛の人である病弱で神経質な美少女林黛玉《りんたいぎょく》について多く認められる。一例をあげよう。曹雪芹のオリジナルに近いと思われる『石頭記』(庚辰本)から、第二十九回の一節である。

> 実は宝玉には幼い頃から一種のくだらない「痴」なところがございます。ましてや幼い頃から黛玉と顔を突き合わせ、心も通じ合っております。近頃になると少しものがわかってきて、しかもああした邪書(『西廂記』の類)を読んでみますと、遠近の親戚友人の家で出会った才女の人々は、誰一人として林黛玉に及びもつきません。ですから、早くから心に思うことがあるのですが、口に出して言うのも具合が悪いので、喜んでみたり怒ってみたり、手を換え品を換え、こっそり探りを入れてみているのです。林黛玉の方にもまたこれが少々たわけたところがありまして、やはりしょっちゅう偽りを言っては探りを入れるのです。「あなたの方も『真』の気持ちでだまそうとして、『假(偽り)』の気持ちばかりを見せるんだから、私の方も『真』の気持ちでだまして、『假』の気持ちばかりを見せてやりましょう。こうして二つの『假』が出会えば、最後には一つの『真』になるでしょう」。その間にこまごましたことで、口げんかが起こらないとは限りません。たとえばこの時も、宝玉は心の中でこう思っておりま

す。「他の人がぼくの気持ちをわかってくれないのは、まだ勘弁もできるけれど、あなたが、ぼくの心の中、眼の中にはあなたしかいないってことを考えないなんてことがあるもんか。ぼくのために苦しんでもくれずに、こんな風にさんざん馬鹿にするなんて。どう見たって、ぼくの心からあなたのことが一時も離れないのもむだなこと、あなたの心にはぼくなんてありゃしないんだ」。心中こう思ってはおりますが、口に出しては申しません。

これまでの白話小説では、登場人物の心理は基本的にセリフや行動によって示されるのが原則で、心中の動きはごく簡単に示される程度であって、このように延々と本人たちの心中の声をまじえつつ心理を説明した例はない。前に述べたように、『紅楼夢』においては地の文の中に語り手のコメントが入る傾向がある。ここで想定されている語り手は、賈宝玉が首からさげている石と設定はされているものの、実際には作者曹雪芹その人であることが伝わるように書かれている。そして賈宝玉は曹雪芹が自身を仮託した存在であってみれば、語り手である作者自身が、自身に当たる人物の心中を、あたかも批評において行われるような形で説明していくという叙述が出現することも理解可能であろう。つまり、『紅楼夢』は私小説的性格を持つ、作者自身を直接に投影した作品だったのである。

◈近代へ

こうして近代的な小説が誕生し、白話小説は知識人の自己表現の手段となった。同時に、金聖歎本『水滸伝』において一定の基準を定められた白話文は、『紅楼夢』において更に高い段階に達する。中国を代表する言語学者王力《おうりき》（一九〇〇～一九八六）が、大著『中国現代語法』『中国語法理論』において中国語のモデルとして選んだのは『紅楼夢』であった。『水滸伝』・『金瓶梅』・金聖歎本『水滸伝』という過程を経て整えられてきた白話文は、『紅楼夢』において一応の完成を見たといってよいであろう。文学的にも、『水滸伝』における細緻な日常生活の描写が、『金瓶梅』において範囲を拡大されて生活のよりリアルな描写に発展し、『紅楼夢』に至って精細な心理描写に到達することになる。この段階まで来ると、もはや芸能の名残は、回に区分することや語り出しの形式に残されているのみといってよい。一般的には二十世紀に入ってから、文学革命によって中国の近代文学が始まるとされるが、それ以前に「近代」を受け入れるべき素地は十分できあがっていたのである。事実、文学革命における白話文の摸索、日本式にいえば言文一致体はいかにあるべきかが問われた時、モデルとなったのは『水滸伝』や『紅楼夢』であった。

一方で、前述のように『説唐』シリーズや楊家将物、岳飛《がくひ》一統を主人公とした『説岳《せつがく》』など、より平易な文言に白話をまじえた文体による大衆向けの白話小説が大量に刊行され、更に大衆的なものとして、唱い物の一段を印刷した「唱本《しょうほん》」なども出版されて安価に販売されるようになり、貸本屋の拡大もあって、庶民の間に本を読む動きが広がっていく。元代から胎動を始めていた大衆文化はここに表面化し、近代の大衆社会に適合した出版文化の準備がなされることになる。

西洋の衝撃を待つまでもなく、中国の文学は長い時間をかけて「近代」へと向かいつつあった。文学革命が文言を「雅」、白話を「俗」とする意識を否定したことによって、清代まで傍系文化としての位置づけしか与えられていなかった白話文学に主流の地位が認められることになるが、それ以前に「近代」の素地は十分に育っていた。そこに存在した多様な階層において純粋に楽しみのための読書がなされ、それぞれに適合した書物が作られ続けるという状況、中国における文学の「近代」はそこに始まっていたのである。

あとがき

このたび、この本を刊行する機会に恵まれたことは、私にとって大きな喜びです。これまで学術書は何冊も出してきたのですが、やはり一般の読者の方に目を通していただくことは難しくて、いつか自分の考えを幅広い方々にお届けできないかと思ってきました。今回この本で私の長年の願望が実現したことになります。

はじめにお話をいただいた時、安藤信廣先生の『中国文学の歴史　古代から唐宋まで』の続きをということでしたので、安藤先生のように、その時代の詩文も含めたすべてについて述べねばならないとすると、これはなかなか大変な仕事だと思ったのですが、この時期の白話文学、それも元・明中心でいいと言っていただけましたので、それなら、かねてからの構想を実現するチャンスと、喜んでお引き受けすることにした次第です。その際、戯曲中心か、小説中心かという話もありましたが、両方を含んだ白話文学全体という形で、ただし元は戯曲により重点を置き、明は小説を中心に述べるということにしました。これは、本文でも述べたように、当時は今のようなジャンル意識がなかったと思われるからですが、同時に、これまで私が研究者としてたどってきた道のりにも関わることです。

私が大学で中国文学を専門に学ぶことにしたのは、何となく中国の歴史・文学に興味があったという程度の理由によるもので、何か劇的なきっかけがあったというわけではありません。当初は詩文を研究しようかと思っていましたが、ある時突然、自分は物語が好きなのに、なぜそれを研究対象にしないのかということに気づいて、白話文学へと方向転換することにしました。元来演劇が好きでしたので、最初に専門にしたのは元雑劇でした。卒業論文では元雑劇と「全相平話」の関係を論じましたが、考えてみればこれはその後の研究が進んでいく方向を暗示していたようです。

清水茂先生の清代の詩文に関する授業に出席して、レポート課題として明末清初の大詩人呉偉業の戯曲をご提示いただいたのをきっかけに、大学院では元雑劇とあわせて、呉偉業と彼に関わる明末清初の情勢などを集中的に勉強しましたが、これは明代社会に関する知識を身に付けることができたという意味で、その後大変役に立ったように思います。上海の復旦大学に留学していた間は、呉偉業や明末清初のことを調べたり、元雑劇を読んだりしながら、当時は幸い観劇料が安かったので、連日芝居を見に行っていました。

富山大学に就職後は、また元雑劇の研究に集中しましたが、やがて元雑劇の題材となっている物語に興味を持つようになって、中国で見たさまざまなお芝居のもとになった物語への興味もあって、再び「全相平話」に始まる白話小説も研究対象にするようになりました。その結果、元雑劇に関する研究をまとめた『中国古典演劇研究』、歴史を題材とする小説の研究をまとめた『中国歴史小説研究』という二冊の本を、ともに汲古書院から二〇〇一年に刊行していただくことができました。

その後も、元雑劇と白話小説の研究をずっと進めてきたわけですが、そもそもの出発点が示しているように、私にとっては演劇・戯曲の研究と小説の研究は別物ではなくて、白話文学という大きな枠の中にとらえるべきものでした。そして、研究を進めるうちに、当時の人々にもジャンルという意識はなかったのではないかということに気づきはじめたのです。

あわせて、ある時期から私の一番重要な関心事になったのは、「読書」とは何かということでした。前に書いたように、私が白話文学を研究するようになったのは、自分が物語が好きだということに気づいたからです。実際、幼い頃から、古典であろうと現代のものであろうと、古文・漢文であろうと漫画であろうと、ずっと古今東西の物語というものに耽溺してきたように思います。それほどまでの喜びを与えてくれる「読書」という行為とは何なのか。考えてみれば、かつては日本でも中国でも、更にはその他の多くの地域でも、「読書」は勉強のために本を読むことでした。楽しみのために本を読むことも行われてはいましたが、それは限られたエリートの間においてのことでした。エリートだけではなく、不特定多数の人々が楽しみのため本を読むという行為、つまり近代的読書は、いつどこでどのようにして始まったのか。この問いが、私にとっての生涯の課題として現れてきたのです。

それとともに、いつからエリート以外の人々が文学作品の中でまともに扱われるようになったのかということも、大きな問題として見えてきました。文学研究をしていると、文学作品を残したエリートの側に身を置きがちですが、自分が実際に当時生きていれば、おそらく名もない庶民として人生を過ごしたに違いありません。そうした人々がいったいいつから文学作品の中で、怒りや悲しみを持つ人間として描かれるようになるのか。これは考えてみれば極めて切実な問題です。この点について考える上で助けになったのが、エーリヒ・アウエルバッハの名著『ミメーシス』（篠田一士・川村二郎訳。ちくま学芸文庫一九九四）でした。庶民は喜劇的にしか描かれないという「様式分化」がやがて崩れていく過程から現実描写が出現する状況を描き出すこの本は、私の疑問に応えてくれるものでした。そこで、中国文学にも同じ考えを適用してみようと大それた考えを持って書いたのが『「現実」の浮上――「せりふ」と「描写」の中国文学史』（汲古書院二〇〇七）です。

エリート以外の人々が読んで楽しむためには、エリート以外の人々が読んで理解できる言語で書かれている必要があります。また、エリートの言語ではエリート以外の人々の細部を描くことは困難です。つまりは白話の使用が必須になります。つまり、「楽しみのための読書」や「文学における庶民の発見」は、白話が書記言語になり、白話による文学作品が出現することと不可分の関係にあります。

こうして、私が追い求めるものは一つに集約されてきました。エリート以外の人々が読書に参入して、「楽しみのための読書」が一般化していく過程を明らかにすること、それは白話文学がどのようにして生まれ、成長していくかを追うことと表裏一体の関係にあったのです。文字を扱うことがエリートの専有物だった社会において、どのようにして口頭語を用いた文学が文字の形で残り、印刷されて読まれるようになるのか、なぜエリートたちはそれを受け入れることができたのか。その過程もまた極めて重要な問題になります。この本では、この問題に対する一応の答を示したつもりですが、いかがでしょうか。

この本はあくまでマクロな視点から全体を通観するものです。ですから、細かい実証は行っていません。この本で論じてきたことについてより深く知りたい方、ここでの議論の根拠をより実証的に示してもらいたいという方は、ここまであげてきた本のほか、『「四大奇書」の研究』(汲古書院二〇一〇)・『中国白話文学研究——演劇と小説の関わりから』(汲古書院二〇一六)・『水滸伝と金瓶梅の研究』(汲古書院二〇二〇)といった私の著書や、汲古書院から現在第五巻まで刊行ずみの『詳注全訳水滸伝』などをご覧いただければと思います。

またこの問題について特に重要な意味を持つ『水滸伝』については、ＫＡＤＯＫＡＷＡから『ビギナーズ・クラシックス　水滸伝』というわかりやすい入門書を刊行したところです。興味のある方はご参照いただければと思います。また同社から、まもなく『四大奇書の時代』が出る予定です。こちらは、この本で述べたさまざまな作品が生まれた社会的背景について詳しく論じたものになります。各作品の内容を論じたこの本とあわせてお読みいただければ、白話文学作品が生まれてきた事情についてより一層深く知っていただけるとともに、それらの作品を生んだ明代という興味深い時代についても、あらたな理解が得られるのではないかと思います。

最後になりましたが、この本について最初に声をお掛けくださった東方書店の家本奈都さん、編集をご担当くださって、さまざまな貴重な意見をくださった竹内昴平さんほか、同社の皆さんに、心から感謝の気持ちを表させていただきたいと思います。

東方選書

東方選書 63

中国文学《ちゅうごくぶんがく》の歴史《れきし》
元明清《げんみんしん》の白話文学《はくわぶんがく》

二〇二四年九月一〇日　初版第一刷発行

著　者……………小松謙
発行者……………間宮伸典
発行所……………株式会社東方書店
東京都千代田区神田神保町一－三　〒一〇一－〇〇五一
電話（〇三）三二九四－一〇〇一
営業電話（〇三）三九三七－〇三〇〇

基本フォーマット……鈴木一誌
ブックデザイン……吉見友希
組　版……………大連拓思科技有限公司
印刷・製本…………（株）シナノパブリッシングプレス

定価はカバーに表示してあります

ISBN 978-4-497-22415-6 C0398

東方選書

四六判・並製　＊価格10％税込

〈62〉
清代知識人が語る官僚人生
山本英史著／税込二六四〇円 978-4-497-22405-7

科挙に合格し、知県という県の長官を担当した黄六鴻なる知識人を本書のナレーターとして、官僚人生を過ごすにはいかなることが重要だったのかについて語ってもらった。

〈61〉
歴史と文学のはざまで
唐代伝奇の実像を求めて

高橋文治著／税込二六四〇円 978-4-497-22316-6

十二篇の唐代伝奇を取り上げ、「理想の世界」「結婚観」などを当時の知識人たちはいかに描き、受け止めたのかを読み解いていく。中国の幻想奇譚をより深く楽しむための読み方指南。

〈60〉
周縁の三国志
非漢族にとっての三国時代

関尾史郎著／税込二六四〇円 978-4-497-22307-4

中国世界の統一をめざす三国に周縁の諸勢力はどのように対峙したのか。烏桓、山越、鮮卑、高句麗、氐、西南夷、クシャン朝、倭について、史料を徹底的に読み込んで考察する。

〈59〉
中国語とはどのような言語か
橋本陽介著／税込二六四〇円 978-4-497-22210-7

基本文法、語彙、品詞から、「連続構造」、「流水文」まで、中国語の特徴を概説。学習の疑問点の解消に、中国語文法の復習に、研究のヒントに、あらゆる場面で役立つ一冊。

〈58〉
漢とは何か
岡田和一郎・永田拓治編／税込二四二〇円 978-4-497-22203-9

各時代における漢王朝像を検討することで、中国史上において漢王朝がどのように認識され、規範化されていったのかを前漢から唐までを区切りとして明らかにする。

〈57〉
漢字の音《おん》
中国から日本、古代から現代へ

落合淳思著／税込二六四〇円 978-4-497-22201-5

中国からアジアの各地に伝来した漢字。著者の字形、中国古代音の知識の蓄積を基礎に、形声文字の音を表すパーツから漢字の音の秘密を解き明かす。

〈46〉
地下からの贈り物
新出土資料が語るいにしえの中国
中国出土資料学会編／税込二二〇〇円 *978-4-497-21411-9*

〈45〉
中国語を歩く
辞書と街角の考現学〈パート2〉
荒川清秀著／税込二二〇〇円 *978-4-497-21410-2*

〈44〉
中国の神獣・悪鬼たち
山海経の世界〔増補改訂版〕
伊藤清司著／慶應義塾大学古代中国研究会編
税込二二〇〇円 *978-4-497-21307-5*

〈43〉
五胡十六国
中国史上の民族大移動〔新訂版〕
三﨑良章著／税込二二〇〇円 *978-4-497-21222-1*

〈42〉
占いと中国古代の社会
発掘された古文献が語る
工藤元男著／税込二二〇〇円 *978-4-497-21110-1*

〈41〉
厳復
富国強兵に挑んだ清末思想家
永田圭介著／税込二二〇〇円 *978-4-497-21113-2*

〈40〉
書誌学のすすめ
中国の愛書文化に学ぶ
高橋智著／税込二二〇〇円 *978-4-497-21014-2*

〈39〉
三国志演義の世界
〔増補版〕
金文京著／税込一九八〇円 *978-4-497-21009-8*

〈38〉
大月氏
中央アジアに謎の民族を尋ねて〔新装版〕
小谷仲男著／税込二二〇〇円 *978-4-497-21005-0*

〈37〉
中国語を歩く
辞書と街角の考現学
荒川清秀著／税込一九八〇円 *978-4-497-20909-2*

東方書店出版案内

価格 10%税込

中国古典名劇選

後藤裕也・西川芳樹・林雅清編訳／元雑劇の台本百篇を収録した『元曲選』から十篇を翻訳。劇の雰囲気を活かした言葉づかいや、七五調で整えた歌詩など、分かりやすい日本語訳で舞台の世界へ誘う。各劇の注釈・解説のほか、元曲をより深く知るためのコラムも附す。

税込四六二〇円（本体四二〇〇円）978-4-497-21603-8

中国古典名劇選II

後藤裕也・多田光子・東條智恵・西川芳樹・林雅清編訳／『中国古典名劇選』第二弾。王昭君と皇帝の悲恋を描く歴史劇「漢宮秋」や包待制の活躍を描く公案劇「陳州糶米」、『水滸伝』の李逵を主人公とする水滸劇「李逵負荊」などを収録。

税込四六二〇円（本体四二〇〇円）978-4-497-21920-6

中国古典名劇選III

後藤裕也・田村彩子・陳駿千・西川芳樹・林雅清編訳／『中国古典名劇選』第三弾。収録作品は、書生の一目惚れの顛末「金銭記」、戦国時代の縦横家、蘇秦が名を成すまでの紆余曲折を描く「凍蘇秦」、開封府尹、包拯の名裁き「生金閣」など。

税込四六二〇円（本体四二〇〇円）978-4-497-22204-6

明清文学論集　その楽しさ　その広がり

『明清文学論集』編集委員会編／四大奇書をはじめとする明清の文学作品に関する論考のみならず、それらを生み出した社会的背景や文学作品が社会に与えた影響、日本や朝鮮への伝播など、研究の楽しさと広がりが伝わる二十三篇。

税込七七〇〇円（本体七〇〇〇円）978-4-497-22402-6